Le restaurant des recettes oubliées

Deuxième service

DU MÊME AUTEUR

Le Restaurant des recettes oubliées, Nami, 2023 ; J'ai lu, 2024.

HISASHI KASHIWAI

Le restaurant des recettes oubliées

Deuxième service

ROMAN

Traduit du japonais
par Alice Hureau

J'AI LU

Titre original :
鴨川食堂おかわり
(KAMOGAWASHOKUDO OKAWARI)

ÉDITEUR ORIGINAL
Publié pour la première fois au Japon par SHOGAKUKAN

Les droits de traduction en langue française ont été négociés avec SHOGAKUKAN par l'intermédiaire de Emily Books Agency, LTD et Casanovas & Lynch Literary Agency S.L.

PREMIÈRE PARTIE

Le bento de riz à l'algue *nori*

Chapitre 1

Kyosuke Kitano, vêtu d'un polo blanc, descendit du train express reliant Osaka et Kyoto en gare de Shichijo et parcourut la rivière Kamogawa du regard. Cinq ans s'étaient déjà écoulés depuis qu'il avait quitté la ville d'Oita pour Osaka, mais c'était la première fois qu'il venait à Kyoto.

La poignée de son sac Boston bleu marine, au nom de son université, s'enfonçait dans la peau de son bras. Des gouttes de transpiration ruisselaient sur son cou large. Un plan à la main, il se dirigeait vers l'ouest, sourcils froncés, ébloui par le soleil se reflétant à la surface de la rivière.

Il venait de traverser l'avenue Kawaramachi et manipulait sa carte dans tous les sens, s'orientant dans une direction, puis une autre. Désemparé, il portait son regard sur les chemins qui s'offraient à lui.

— Excusez-moi, où se trouve le temple Higashi Hongan-ji ? demanda-t-il à un cycliste qui transportait une boîte de nourriture sur le porte-bagages de son vélo.

— Continuez tout droit, puis prenez à droite après la rue Karasuma.

L'homme pointa le doigt vers l'ouest et donna un coup de pédale.

— Je cherche un restaurant rue Shomen ! s'écria Kyosuke en le poursuivant.

— Chez Kamogawa ? fit celui-ci en posant un pied au sol.

— Oui !

Kyosuke lui montra son plan.

— Dans ce cas, prenez la troisième à droite, puis la deuxième à gauche. Ensuite, ce sera le cinquième bâtiment sur la gauche.

Cette fois, le cycliste s'éloigna.

— Merci beaucoup ! lança Kyosuke avec un salut de la tête empreint de gratitude.

Il compta les rues sur ses doigts et parvint enfin à destination. C'était une construction austère à un étage en mortier, sans aucun panneau. La devanture était comme on le lui avait dit. Kyosuke posa la main sur sa poitrine et prit trois profondes inspirations.

— Bonjour ! s'exclama-t-il en ouvrant la porte.

— Bienvenue.

Le patron, qui essuyait le comptoir, se tourna vers lui, l'air affable.

— Je voudrais que vous retrouviez une recette pour moi, annonça Kyosuke d'une voix aiguë qui trahissait son appréhension.

Il baissa la tête.

— Ne soyez pas si stressé, je ne vais pas vous manger. Installez-vous.

Avec le sourire, le patron, Nagare Kamogawa, lui proposa une chaise pliante.

— Merci.

Il avait beau se sentir soulagé, lorsqu'il prit place sur un siège rouge, ses gestes étaient aussi rigides que ceux d'un robot.

— Est-ce que vous avez faim ? demanda Nagare.

— Je… je peux déjeuner ?

Il faillit se mordre la langue tant ses lèvres étaient crispées.

— Puisque vous êtes là, autant en profiter avant de passer aux choses sérieuses ! répondit Nagare en se dirigeant vers la cuisine.

— Vous êtes étudiant ? questionna une jeune femme. Je parie que vous êtes membre d'un club de sport ! Kendo ou judo. Je me trompe ?

C'était Koishi, la fille de Nagare. Habillée d'un tablier de sommelier sur un T-shirt blanc et un jean noir, elle lui servit du thé froid.

— Oui, ce n'est pas vraiment ça...

Un sourire malicieux éclaira son visage.

— Mais ces muscles sont bien le résultat de la pratique d'un art martial, non ? insista-t-elle en tâtonnant son bras.

— Je ne suis pas aussi musclé que ces sportifs.

Il finit son thé et croqua les glaçons.

— Vous étudiez à Kyoto ?

— Non, je viens d'Osaka. Je m'appelle Kyosuke Kitano, j'étudie à l'université d'éducation physique du Kinki, se présenta-t-il en se levant et en inclinant la tête.

— Je crois que je vous ai déjà vu quelque part...

Elle le fixa du regard.

— Peut-être parce que j'ai un visage ordinaire ? dit-il avec un sourire gêné.

— Comment connaissez-vous notre restaurant ?

— Je prends mes repas tous les jours au restaurant universitaire du dortoir où je loge. J'ai discuté avec le cuisinier d'un plat que je mangeais autrefois, et il me l'a gentiment préparé. Mais ça n'avait pas le même goût... Quand je le lui ai avoué, il m'a parlé de votre restaurant et m'a montré votre publicité dans *Ryori shunju*.

— Je vois, dit Koishi en essuyant soigneusement une table.

— Ça ne suffira sans doute pas à un jeune homme de sa carrure, chuchota Nagare pour lui-même en apportant le repas sur un plateau en aluminium. Si vous en voulez plus, appelez-moi.

Il le posa sur la table.

— C'est magnifique !

Kyosuke, plein d'ardeur, dévora les plats du regard.

— Le riz de la variété Tsuyahime vient de la préfecture de Yamagata. Je vous en ai servi une bonne portion. La soupe est au porc et contient des légumes-racines en grande quantité, même s'ils ne sont pas typiques de Kyoto. Dans la grande assiette, les préparations sont à la japonaise et à l'occidentale. J'ai farci de la chair de murène avec de la pulpe de prune et des feuilles de *shiso*, et j'ai pané le tout. J'ai aussi pané des piments verts. N'hésitez pas à les napper de sauce Worcestershire maison. Dans le petit bol, c'est du maquereau à la sauce miso garni de gingembre du Japon. Je vous conseille de manger le rosbif de bœuf de Kyoto avec de la sauce soja au wasabi et de l'envelopper dans des feuilles d'algues *nori* grillées. J'ai également fait des boulettes de canard teriyaki. Plongez-les dans le jaune d'œuf de caille. Sur le tofu glacé, ce sont des tranches de murène. Et j'ai versé du curry de haricots rouges sur de l'aubergine ronde frite. Bon appétit !

Kyosuke s'en léchait les lèvres, hochant la tête à chaque explication de Nagare.

— La cuisine de mon père n'est pas toujours aussi luxueuse. Il s'est surpassé car ça fait longtemps que nous n'avons pas eu la visite d'un jeune !

— Ça suffit, Koishi !

Nagare traîna jusqu'à la cuisine sa fille qui, amusée, tirait la langue.

Malgré son écoute attentive, Kyosuke n'avait pas du tout mémorisé ce qui se trouvait dans son plateau, tant ces mets étaient inattendus. Il connaissait la murène et le maquereau de nom, sans jamais y avoir goûté. Les mots familiers « sauce Worcestershire », « rosbif », « curry » le rassuraient, mais visuellement, cela ne ressemblait en rien à ce qu'il avait l'habitude de manger.

Il demeura contemplatif pendant un moment, puis il empoigna le bol de riz dans sa main gauche. Ses baguettes dans la droite, il saisit une boulette de canard, la trempa dans le petit bol de jaune d'œuf de caille, attrapa du riz au passage et porta le tout à ses lèvres.

— C'est délicieux !

Il savoura à la hâte la murène panée puis le rosbif, poussant un petit murmure de délectation à chaque bouchée.

Il ignorait le niveau de cette cuisine pour n'avoir aucun point de comparaison. Mais il avait l'impression que s'en dégageait une excellence similaire à celle des records des meilleurs athlètes mondiaux. Il était bien conscient que ce qu'il dégustait était exceptionnel.

— Ça vous plaît ? demanda Nagare en s'approchant de lui avec une théière en verre remplie de thé froid.

— Je n'ai pas les mots, mais c'est vraiment bon. Je le sais, même si je n'ai pas le palais fin.

— J'en suis heureux. Nous, les chefs, n'avons qu'un seul round. Un client déçu ne revient pas. Mais s'il est satisfait, nous avons droit à une seconde manche, dit Nagare en lui servant du thé.

Kyosuke réfléchit longuement à ces paroles.

— Si vous n'avez plus faim, je vais vous accompagner au bureau. Ma fille vous y attend.

— À ce sujet… commença Kyosuke en vidant son verre. Je crois que ce n'est plus nécessaire.

— Que voulez-vous dire ? Vous êtes venu pour ça, non ? demanda Nagare en le resservant.

— Ce repas était si bon que ça n'a plus d'importance…

Il joua avec son verre en y plaquant le creux de sa main.

— Je ne suis pas à votre place, mais j'imagine que vous n'êtes pas venu jusqu'ici pour savourer un bon repas. Vous êtes là car, au fond, vous êtes frustré de ne pas retrouver une recette. Ce sentiment s'est-il dissipé ?

— Mais ce n'est qu'un plat modeste, on ne peut même pas appeler ça de la cuisine… répondit Kyosuke, tête basse.

— J'ignore de quoi il s'agit, mais avec la nourriture, il n'existe ni modestie ni luxe, déclara Nagare en l'observant droit dans les yeux.

Kyosuke, qui l'avait écouté avec attention, tapota ses joues plusieurs fois avec les paumes de ses mains.

— Très bien, dit-il en se levant.

— Je vous en prie. C'est par ici.

La mine réjouie, Nagare indiqua la porte au fond du restaurant.

Kyosuke arrêta son regard sur les photographies accrochées aux murs du couloir.

— Qu'est-ce que c'est ?

— La plupart sont mes préparations, précisa Nagare en avançant d'un pas tranquille.

— Vous savez tout faire !

Dans son sillage, Kyosuke examinait rapidement les clichés.

— En d'autres termes, je n'excelle en rien. Peut-être que si je m'étais spécialisé dans une recette, aujourd'hui, je serais un chef étoilé, supposa Nagare en se retournant.

— Se spécialiser…

Kyosuke s'immobilisa à son tour et leva les yeux au plafond.

— Qu'y a-t-il ?

— Rien, éluda le jeune homme en arpentant le couloir.

Dans le bureau, Koishi l'attendait.

— Installez-vous.

— Merci.

Il la salua d'un signe de tête, puis il prit place au milieu d'un long canapé.

— Pouvez-vous remplir ceci ? questionna Koishi en s'asseyant face à lui avant de lui tendre un porte-formulaire. Vous n'êtes pas obligé de tout compléter.

— J'écris mal, je ne sais pas si vous arriverez à me relire…

Kyosuke pencha la tête à droite, puis à gauche, en faisant courir le stylo.

— Kyosuke Kitano, étudiant à l'université d'éducation physique du Kinki… Ah ! Ça y est, je me souviens de vous ! s'écria Koishi en frappant dans ses mains.

— Vous m'avez fait peur !

— Vous êtes nageur. J'ai lu un article élogieux à votre sujet dans un magazine qui vous désignait comme l'espoir de la natation !

Les yeux de Koishi s'illuminèrent.

— « L'espoir » ? C'est exagéré…

Il lui rendit le porte-formulaire avec un sourire traduisant son malaise.

— Vous participerez aux prochains Jeux olympiques, non ? s'enquit-elle en parcourant le document du regard.

— Tout dépendra de mon temps lors des qualifications, dit-il en se tenant bien droit.

— C'est vrai que vous êtes doué en tout : nage libre, dos crawlé…

— Mais je dois choisir une spécialisation.

— Je vous souhaite bonne chance ! Et sinon, quelle recette souhaitez-vous que nous retrouvions ?

— J'ai un peu honte, mais il s'agit d'un bento de riz à l'algue *nori*, souffla-t-il en baissant la tête.

— C'est un bento chaud avec une feuille d'algue posée sur du riz, accompagné de poisson pané et de beignets de chair de poisson *chikuwa* ?

— Non, il n'y a pas d'à-côtés. C'est juste du riz entièrement recouvert d'une feuille d'algue… souligna-t-il d'un ton encore plus bas.

— Juste de l'algue ? Aucun petit plat ? persista Koishi, inclinée en avant.

— Non…

Il recroquevilla son corps musclé. Sa voix révélait son envie de disparaître sous terre.

— Il ne provient pas… d'un restaurant, n'est-ce pas ?

Koishi darda sur lui un regard intense.

— Mon père me le préparait.

— Ne serait-il pas plus simple de lui demander la recette ? La maison de vos parents se trouve à Oita, sur l'île de Kyushu. Ce n'est pas si loin d'ici.

— J'ai coupé les ponts avec lui il y a cinq ans…

— Vous ignorez où il habite ?

— Aux dernières nouvelles, il était dans la préfecture de Shimane.

— Shimane ? Qu'est-ce qu'il fait là-bas ?
Koishi écarquilla les yeux.

— Il était accro aux jeux d'argent. Ma mère l'a quitté pour cette raison. Il était malade, mais il a affirmé ne pas pouvoir payer les frais médicaux et a dilapidé le peu qu'il avait dans des courses cyclistes. On récolte ce qu'on sème. Aujourd'hui, ma tante qui vit à Shimane l'héberge et lui paie ses soins…

— Votre père est à Shimane, nota Koishi avant de relever la tête. Et votre mère ?

— Elle s'est remariée et vit à Kumamoto.

— Quand est-elle partie ?

— Il y a dix ans, durant les vacances d'été après mon entrée au collège à Oita. Mon père avait misé dans des courses hippiques tout l'argent qu'elle avait économisé pour qu'on parte en vacances. Ma petite sœur a suivi ma mère, mais moi, j'avais mal au cœur de laisser mon père seul, alors…

— Alors vous avez vécu tous les deux. Quelle était sa profession ?

Koishi tourna la page de son cahier.

— Chauffeur dans une agence de taxis pour touristes. Même s'il passait plus de temps sur les champs de courses, répondit-il en souriant avec amertume.

— Pour résumer, vous avez vécu à quatre dans la ville d'Oita jusqu'à votre entrée au collège. Pendant les vacances d'été de votre première année, après le départ de votre mère et de votre sœur, vous avez vécu seul avec votre père. Aujourd'hui, vous résidez à Osaka. Quand avez-vous quitté Oita ?

— À l'été de ma deuxième année de lycée, j'ai été recruté par le club de natation d'Osaka et transféré au lycée rattaché à l'université d'éducation physique du Kinki. Depuis, j'ai toujours vécu en collectivité.

Koishi compta sur ses doigts.

— Donc vous avez habité pendant quatre ans avec votre père ?

— Au lycée, je déjeunais au réfectoire, mais quand j'étais au collège, mon père me préparait un bento.

— Et parmi ce qu'il vous cuisinait, figurait le bento de riz à l'algue ?

— Ce n'était pas un plat parmi d'autres, c'était le seul, dit-il avec un sourire forcé.

— Le seul, vous voulez dire, tous les jours ?

Koishi était bouche bée.

— C'est ma faute. La première fois, je l'ai félicité. Je lui ai dit que c'était délicieux. Il était si heureux qu'il a décidé de ne préparer que ça, fit Kyosuke avec affliction.

— Il a l'air consciencieux…

La jeune femme poussa un soupir.

— Mes amis se moquaient de moi car j'avais toujours le même repas, alors j'ai pris l'habitude de l'engloutir en le cachant avec le couvercle. Je ne me souviens plus trop du goût. Mais je sais que c'était excellent.

— Je connais mal cette recette, je n'ai goûté que celle du marchand de bentos chauds, mais ça m'étonne qu'il n'y ait eu qu'une feuille d'algue sur du riz, sans aucun accompagnement. Peut-être y avait-il des copeaux de bonite séchée dans le riz ?

Koishi griffonna un dessin sur son cahier, puis le présenta à Kyosuke.

— Oui, ça ressemblait à ça, mais sur trois couches. En dessous, du riz blanc, au milieu, de la bonite séchée à la sauce soja, puis une feuille de *nori*. Et sur le dessus, une grosse prune *umeboshi*. Tous les jours.

Il corrigea le dessin de Koishi.

— Le goût était particulier ? Sucré ? Épicé ?

— Ni l'un ni l'autre. Je dirais ordinaire. Mais c'était sec, dit-il en scrutant le croquis.

— Un plat sec n'est pas bon. L'algue et la bonite séchée doivent être moelleuses, répliqua Koishi, dubitative.

— Parfois, c'était aigre.

— C'est que c'était pourri ! Blague à part, un bento à base de riz, de bonite et de *nori*, c'est facile à réaliser.

Elle effleura du doigt les contours de son dessin.

— Je le croyais aussi, mais celui du cuisinier du réfectoire de mon dortoir n'avait rien à voir. Je n'ai même pas réussi à finir le plat. Celui de mon père, je l'avalais d'un coup. Ma boîte à bento était vide en un clin d'œil !

— En plus, vous étiez jeune. Vous n'aviez rien d'autre pour le déjeuner, si je comprends bien ? Et donc, vous l'engloutissiez pour que vos amis ne le voient pas.

Koishi s'exprima avec une froideur qui contrastait face à l'enthousiasme de Kyosuke. Ce dernier en perdit toute contenance.

— Peut-être…

— Votre père a toujours préparé les repas ?

— Je ne l'ai jamais vu dans la cuisine quand il était avec ma mère.

— C'est pour ça que le bento de riz à l'algue était son unique recette… Pourquoi voulez-vous la retrouver aujourd'hui ?

— Ma tante m'a appris qu'il s'était énormément affaibli et elle a insisté pour que j'aille le voir au moins une fois...

— Elle a raison. Remerciez-le de vous avoir préparé un délicieux bento quand vous étiez collégien.

— Pourquoi le remercier, s'il le faisait par flemme de préparer autre chose ?

Il fronça les sourcils.

— Je pense quand même que vous devriez aller le voir, répéta Koishi en haussant les épaules.

— Si vous retrouvez la recette, cela me permettra de découvrir quel était son état d'esprit à l'époque.

— Nous ferons de notre mieux pour que vous puissiez le revoir en étant bien disposé. Enfin, je dis ça, mais tout dépendra de mon père ! plaisanta-t-elle.

— Merci d'avance, dit-il en ayant retrouvé toute sa prestance d'athlète, puis il se leva et salua Koishi de la tête.

Lorsque Nagare les vit reparaître dans le restaurant, il appuya sur la télécommande pour éteindre la télévision posée sur une étagère suspendue au plafond.

— Tu as posé toutes les questions ?

— Oui, mais cette fois, ça risque d'être difficile, répondit Koishi.

— Comme toujours ! Quelle que soit la recette, je ferai tout pour la retrouver. Elle est si particulière que ça ? demanda Nagare à sa fille.

— C'est un bento de riz à l'algue *nori*, dit Kyosuke avec honte, un demi-sourire aux lèvres.

— Justement, plus c'est simple, plus c'est dur !

Le sourire de Kyosuke s'évanouit.

— Ne vous en faites pas. Mon père retrouvera la recette, assura-t-elle en lui tapotant le dos.

— Je compte sur vous.

D'un geste brusque, Kyosuke courba la tête, puis il fit coulisser la porte d'entrée pour s'en aller.

— Toi, tu restes dehors !

Nagare chassa un chat tigré qui s'était rué sur les pieds de Kyosuke.

— Quand je vivais à Oita, nous aussi, nous avions un chat tigré, se souvint celui-ci. Comment s'appelle-t-il ?

— Roupillon, parce qu'il roupille tout le temps ! répondit Koishi.

Elle fit signe au chat de s'approcher. Roupillon obéit avec crainte tout en surveillant Nagare.

— Ah, j'ai oublié de vous demander vos disponibilités ! ajouta-t-elle.

Kyosuke posa au sol le sac Boston qu'il avait flanqué sur son épaule et en sortit son smartphone.

— Dans deux semaines, ça vous irait ? proposa Nagare.

Le jeune homme vérifia son agenda en faisant glisser son doigt sur l'écran.

— C'est parfait, car je vais suivre un stage d'entraînement à Kyoto à partir du milieu de la semaine prochaine.

— Nous reconfirmerons par téléphone, précisa Koishi en prenant Roupillon dans ses bras.

— Merci.

Il rangea son smartphone et se dirigea vers l'ouest.

— Si vous prenez le train qui relie Kyoto à Osaka, c'est de l'autre côté, indiqua Koishi.

Aussitôt, il fit demi-tour.

— Je n'ai jamais eu le sens de l'orientation ! se justifia-t-il avec un sourire confus en repassant devant eux.

— Rentrez bien ! s'écria Nagare dans son dos.

Soudain, Kyosuke s'immobilisa.

— J'ai oublié de payer !

— Vous réglerez le repas d'aujourd'hui et les frais d'enquête la prochaine fois, lança Nagare.

— Combien dois-je apporter ?

Il baissa les yeux vers Nagare, plus petit que lui.

— Nous ne vous demanderons rien d'exorbitant.

— D'accord. Au revoir.

Kyosuke s'éloigna d'un pas rapide.

Père et fille le suivirent du regard avant de retourner à l'intérieur. Roupillon poussa un miaulement languide.

— Kyosuke et le bento de riz à l'algue forment une association étonnante, commenta Koishi en nettoyant délicatement sa table.

— Tu parles de lui comme si tu le connaissais ! Vous êtes amis ?

Nagare s'assit au comptoir et ouvrit le cahier de notes.

— Tu ne l'as pas reconnu ? demanda Koishi en arrêtant son geste.

— Comment ça ?

Il feuilleta attentivement le cahier.

— C'est un nageur candidat aux Jeux olympiques. Il est doué dans toutes les disciplines, que ce soit le dos crawlé, le papillon ou la nage libre ! dit-elle en mimant le crawl.

— Ah bon. Je mènerai mes recherches au mieux, qu'il soit célèbre ou non.

Il saisit un plan sur l'étagère suspendue au plafond.

— Oui, mais bon, dit Koishi en esquissant une grimace de dépit.

— Oita... reprit Nagare. Il y a plein de produits de qualité là-bas, comme le chinchard et le maquereau. Je vais y faire un tour.

— La chance, j'aimerais bien t'accompagner ! dit Koishi.

— Je te rapporterai de bonnes choses à manger, alors garde le restaurant en mon absence. Si on part tous les deux, Maman va se sentir seule.

À ces mots, Koishi haussa les épaules.

Chapitre 2

Le stage d'entraînement intensif de Kyosuke se déroulait dans les locaux de l'école Fukakusa, arrondissement de Fushimi. Quelques jours après son arrivée à Kyoto, lors de son jour de congé, il emprunta la ligne entre Osaka et Kyoto, le cœur joyeux.

Le train dépassa la gare de Fushimi-Inari, parée du même rouge-orangé que les toriis du célèbre sanctuaire kyotoïte et, deux arrêts plus loin, il s'engouffra sous terre. Puis Kyosuke arriva en gare de Shichijo et descendit sur le quai, affublé d'une petite sacoche.

Même s'il était déjà venu, il se perdit en chemin. Son plan chiffonné dans la main, il déambulait lentement en suivant le fil de ses souvenirs. Enfin, il aperçut un bâtiment familier où Koishi l'accueillit avec le sourire.

— Bienvenue à vous !

— Bonjour.

D'un air anxieux, il chercha Nagare du regard.

— Ne vous inquiétez pas. Mon père a retrouvé la recette. Mais pour une raison que j'ignore, il est toujours en cuisine, alors patientez encore un peu.

Elle posa un verre et une théière de thé froid sur une table.

— J'ai mal dormi la nuit dernière, déclara-t-il en retenant un bâillement.

— Le stress, sans doute. Ça risque de vous pénaliser pour les qualifications.

Koishi lui adressa un sourire en lui servant un thé.

— Ça n'a rien à voir, se vexa-t-il.

— Désolé pour l'attente. J'ai un petit jeu pour vous ! dit Nagare en passant la tête par l'entrée de la cuisine.

— Oui, répliqua Koishi. Tout est prêt depuis longtemps, mais tu continues de t'affairer...

Kyosuke se pencha pour essayer de voir de quoi il s'agissait.

— Tout va bien ?

— Je crois... lâcha Koishi, sceptique.

— Voilà, c'est prêt ! lança Nagare en apportant deux boîtes à bento sur un plateau carré en bois.

— C'est pour deux personnes ?

Kyosuke, qui s'était resservi un grand bol de riz par trois fois au petit déjeuner, afficha un sourire teinté de gêne.

— Vous n'êtes pas obligé de finir. J'aimerais que vous compariez ces deux saveurs, répondit Nagare en posant les deux boîtes fermées l'une à côté de l'autre.

— Donc, ce sont deux goûts différents, conclut Kyosuke en observant les boîtes gris métallisé.

— Vérifiez par vous-même.

Nagare s'inclina, puis se retira en cuisine.

— Vous avez deux bonnes portions, mais si vous en voulez plus, faites-moi signe, dit Koishi en plaçant verre et théière sur la table avant de suivre son père.

Une fois seul, Kyosuke se redressa, et une main sur chaque couvercle, il ouvrit les deux boîtes simultanément.

Les deux plats étaient identiques. Le riz était recouvert d'une feuille de *nori* découpée en petits carrés, semblable à celui que préparait son père.

Chaque bento, à l'horizontale, se divisait en trois lignes et quatre colonnes, soit douze parts si l'on respectait ce quadrillage. Kyosuke se rappela alors qu'il avalait en effet son déjeuner en douze temps.

Il saisit le bento de gauche. Le tenant dans le sens de la longueur, il plongea ses baguettes jusqu'au fond de la part en bas à gauche et n'en fit qu'une bouchée. Trois couches étaient superposées : le riz, la bonite séchée puis l'algue, exactement comme celui de son père.

— C'est délicieux.

Les yeux fermés, il mastiqua, avant d'attaquer la portion suivante de la même manière. Ce bento était succulent, sans commune mesure avec celui goûté au réfectoire.

Dans ce cas, le plat de droite était-il raté ou un délice bien supérieur ?

— Se pourrait-il que…

Comme pour le premier, il planta ses baguettes dans la part située en bas à gauche et la porta à ses lèvres. Il prit une deuxième bouchée, puis une troisième, et des larmes jaillirent au coin de ses yeux. Du revers de la main, il les essuya et prit une autre bouchée. Tandis qu'il mangeait, il ne put retenir un sanglot.

Il ne pleurait pas de nostalgie. Encore moins de tristesse. En vérité, il ne savait même pas d'où venaient ses larmes.

Ces deux saveurs étaient bien distinctes, et Kyosuke ignorait en quoi. Mais le bento que lui préparait tous les jours son père était à coup sûr celui de droite.

— Je suis tombé juste ?

Nagare, sorti de sa cuisine, se tenait derrière lui.

— Je crois que oui, acquiesça Kyosuke en séchant le coin de ses paupières à plusieurs reprises.

— J'en suis heureux, se félicita Nagare avant de lui resservir du thé.

— Celui de gauche était bon, mais celui de droite…

Ses yeux s'humidifièrent à nouveau.

— Le bento que votre père préparait pour vous, chaque jour, est celui de droite, confirma Nagare avec un regard affectueux.

— Ils sont d'apparence identique, alors pourquoi n'ont-ils rien à voir quand je les goûte ? questionna Kyosuke en se rasseyant droit sur sa chaise.

— C'est sûrement grâce à l'amour de votre père, plutôt qu'à un ingrédient secret.

Nagare posa sur la table un porte-documents en plastique.

— Son amour pour moi… médita Kyosuke en observant la pochette.

— Celui de gauche a bon goût, mais votre père l'a amélioré en le rendant nourrissant et en faisant en sorte qu'il se conserve bien.

— Mon père aurait fait ça ?

— Il était mauvais cuisinier. Il a tenté de vous préparer un bento sans être sûr du résultat, mais vous l'avez adoré. Il a demandé conseil au chef du restaurant qu'il fréquentait régulièrement en lui disant qu'il voulait cuisiner pour vous le meilleur bento du Japon.

— Le « restaurant qu'il fréquentait régulièrement » ?

— Les chauffeurs de taxi choisissent généralement un endroit où la nourriture est bonne, à un prix raisonnable, avec la certitude de pouvoir se garer. La plupart du personnel de l'entreprise où travaillait votre père allait chez Aramiya, un petit établissement situé derrière la préfecture. Votre père, Kyota Kitano, y déjeunait quotidiennement. Le patron, Aramiya, se souvenait de lui.

Nagare sortit une photographie de la pochette plastique et la plaça sur la table.

Kyosuke posa les yeux sur le cliché.

— Alors c'est là qu'il…

— C'est un restaurant populaire, et malgré cela, comme il est près de la mer, le poisson y est excellent, reprit Nagare. J'ai opté pour le menu avec du chinchard pané, le préféré de votre père, et je l'ai trouvé bien meilleur que celui de Kyoto.

Nagare lui montra le plat sur son smartphone.

— Bon, tu lui racontes pour le bento de riz à l'algue ? s'impatienta Koishi.

— Il n'y a pas d'urgence. Je voulais juste préciser combien Aramiya était doué pour cuisiner le poisson. Dans sa famille, les hommes sont pêcheurs de génération en génération, et il fut un temps où Aramiya a même tenu un restaurant de sushis. Comme c'est sa recette, le bento à l'algue ne pouvait qu'être délicieux.

Il attrapa la boîte que Kyosuke tenait dans la main droite et poursuivit.

— En effet, l'apparence est la même, qu'on le regarde de dessus ou qu'on en extraie une part.

Avec des baguettes, il extirpa la portion en haut à droite, à l'angle opposé de là où Kyosuke avait commencé son repas.

Kyosuke et Koishi en fixèrent la coupe verticale.

— La différence réside ici.

Nagare positionna délicatement la part sur le couvercle du bento.

— Mais il y a trois couches aussi, c'est les mêmes, contesta Koishi, tandis que Kyosuke approuvait de la tête.

— L'ingrédient secret est dans celle du milieu. Regardez bien. Ça ne ressemble pas à de la bonite séchée, car ce n'en est pas, révéla Nagare en retirant la feuille d'algue. C'est de la chair de poisson frais.

Koishi l'examina de plus près et poussa une exclamation de surprise, mais Kyosuke, l'air ahuri, semblait ne pas voir la différence. Nagare retourna en cuisine et rapporta un poisson dans une caisse en polystyrène.

— Voici un poisson sabre, nommé ainsi parce qu'il ressemble à un sabre. Pour concocter ce bento, le poisson est grillé, sa chair est hachée puis assaisonnée avec de la sauce soja et le jus d'un agrume, le *kabosu*. Le poisson sabre comme le *kabosu* sont des spécialités d'Oita, et le jus de *kabosu* sert de conservateur. Le goût du bento est banal avec de la bonite séchée, mais il est intense grâce à ce poisson.

— Alors c'était de la chair de poisson sabre... dit Kyosuke en le contemplant.

— Vous n'avez pas dû le remarquer car vous mangiez vite pour que vos amis ne voient rien.

— C'est vrai, je n'ai jamais vraiment regardé à l'intérieur.

— Votre père préparait votre repas avec soin, selon les instructions d'Aramiya.

— Lui qui était si maladroit...

Kyosuke plissa ses yeux humides de larmes.

— C'est justement pour ça qu'il était très apprécié. Quand j'ai parlé de lui au restaurant, plusieurs clients ont vanté ses mérites avec nostalgie.

— Il ne leur a jamais causé de problème ?

— Il y a eu quelques petits incidents, mais personne n'a dit le moindre mal de votre père.

— Ça me rassure.

Le soulagement de Kyosuke était réel, mais il se rendit compte qu'il ignorait tout un pan de la vie de son père.

— Un jour, un collègue lui aurait dit que vous ne mangiez peut-être pas tout et jetiez probablement le bento à la poubelle.

Aussitôt, Kyosuke secoua vivement la tête en signe de dénégation.

— Votre père, connu pour sa douceur, est devenu rouge de colère. Il a rétorqué que son fils n'était ni un menteur ni un tricheur, et que vous n'étiez pas du genre à jeter avec insouciance ce qu'il vous avait préparé.

Kyosuke fixa la boîte.

— C'est vraiment le meilleur bento à l'algue du Japon, dit Koishi en goûtant le plat.

Elle hocha vigoureusement la tête.

— Merci pour tout. Je peux les rapporter chez moi ? demanda Kyosuke en refermant les boîtes.

— Bien sûr. Je vous en ai fait un troisième à emporter, prenez-le aussi, répondit Nagare avec le sourire.

— Il faut des pains de glace ! suggéra Koishi avant d'ouvrir le congélateur.

— Je vous donne la recette. J'imagine que vous ne cuisinez pas, alors conservez-la précieusement jusqu'au jour où vous trouverez une épouse. Si elle suit les instructions, elle pourra reproduire le bento de riz à l'algue *nori* de votre père.

Il inséra le porte-documents dans un sac en papier qu'il tendit à Kyosuke.

— Combien je vous dois pour ce repas et celui de l'autre jour ? demanda-t-il en attrapant son portefeuille.

— Versez sur ce compte la somme que vous dictera votre cœur. Sachez que nous proposons un tarif étudiant, ajouta Koishi en lui remettant un papier.

— Merci.

Il le plia délicatement et le rangea dans son portefeuille.

— J'ai hâte de vous voir aux Jeux olympiques ! s'exclama Koishi en lui serrant la main.

Il se redressa, flatté.

— C'est gentil.

— Je parie que votre père aussi est pressé de vous voir. Faites de votre mieux ! l'encouragea Nagare alors que le jeune homme était déjà sorti du restaurant.

— Il m'a sûrement oublié, tout ce qui l'intéresse ce sont les jeux d'argent.

Roupillon s'approcha de lui et reçut une caresse sur la tête.

— Qu'on le veuille ou non, on n'oublie pas un fils pour qui on a préparé chaque jour un tel bento.

Silencieux, Kyosuke leur adressa un salut profond, puis il se dirigea vers l'ouest de la rue Shomen.

— Si vous prenez la ligne qui relie Kyoto à Osaka, c'est dans l'autre sens ! s'écria Koishi.

— J'ai fait la même erreur que la dernière fois, dit-il en se grattant la tête avant de tourner les talons à grands pas.

— Ce garçon est comme un poisson hors de l'eau ! lâcha Nagare en souriant.

Kyosuke s'immobilisa brusquement pour se retourner vers eux.

— Je vais me spécialiser dans la nage papillon !

— C'est une bonne initiative.

Tandis que Nagare le saluait de la tête, Kyosuke reprit sa marche, accompagné par un miaulement de Roupillon.

— Papa, j'ai une question, dit Koishi une fois qu'ils furent de retour dans le restaurant.

— Laquelle ?

Il ferma la porte coulissante derrière lui et tourna la tête vers sa fille.

— Ne me dis pas que ce soir, c'est bento de riz à l'algue ?

— Ah ! Bonne idée. En plus, ce sera délicieux avec beaucoup d'alcool !

— Arrête !

Les sourcils froncés, elle débarrassa la table.

— Je plaisante. Je vais faire un *shabu-shabu* de poisson sabre. À mon avis, ce sera à la hauteur du *shabu-shabu* de murène.

Il partit en cuisine.

— Je n'en doute pas ! dit-elle. Et je pourrai boire en toute tranquillité, car j'aurai bien mangé.

La joie de Koishi se lisait dans son regard.

— Je me suis approvisionné au marché d'Oita, où l'on trouve l'excellent fournisseur de poisson Kunisaki Gintachi. J'ai acheté plein de poissons sabres, je suis à peu près sûr qu'il se cuisine comme la murène, expliqua Nagare en se servant dans le réfrigérateur.

— C'est plus simple vu qu'il a peu d'arêtes, non ? s'assura Koishi en nettoyant soigneusement le comptoir.

— Kikuko aussi aimait la murène, se souvint Nagare en découpant le poisson.

— Je sais ! Comme Maman adorait les sushis de murène, tu peux peut-être lui en préparer avec du poisson sabre ? lança-t-elle en direction de la cuisine.

— C'est précisément ce que je viens de faire.

Il entra dans le salon et déposa sur l'autel bouddhique une petite assiette de sushis.

— Vivement qu'on les mange !

Derrière son père, Koishi, les mains jointes, fit une prière face à l'autel.

DEUXIÈME PARTIE

Le steak haché en sauce

Chapitre 1

Dans son tailleur-pantalon gris, Kana Takeda trépignait en fixant du regard le feu tricolore. Elle leva les yeux vers la Tour de Kyoto qui se dressait par-delà la rue Shiokoji, puis surveilla à nouveau le feu.

Dès qu'il vira au vert, elle s'élança plus vite que les autres et traversa le passage piétons au pas de course.

— C'est bien mon genre de choisir Kyoto pour mon dernier voyage de fin de trentaine !

À ces mots, lancés tout haut comme si elle s'adressait à quelqu'un, une passante d'un certain âge se retourna.

Le regard droit devant, Kana fit rouler sa grosse valise rose à toute vitesse vers le nord.

Elle rejoignit la rue Shomen par la rue Karasuma, sûre de son chemin, et une fois arrivée à destination, elle ouvrit avec énergie la porte du restaurant.

— Bonjour.

Koishi, qui débarrassait une table, interrompit son geste pour lever la tête vers elle.

— Bienvenue !

— C'est bien ici, le restaurant Kamogawa ? demanda Kana tout en rangeant sa valise dans un coin de la pièce.

— Oui, répondit Koishi en empilant des assiettes sur un plateau.

— Je voudrais que vous retrouviez une recette.

Elle ôta son sac à main noir de son épaule et courba la tête en signe de politesse.

— Ah, vous êtes une cliente du bureau, comprit Koishi, dont les traits se détendirent un peu.

— Bonjour !

Nagare sortit de la cuisine et retira sa petite toque blanche.

— Pardon de ne pas avoir téléphoné. Je m'appelle Kana Takeda. Je suis ici sur recommandation d'Akane Daidoji.

À deux mains, elle lui tendit sa carte de visite.

— Alors c'est vous, l'amie d'Akane ? répondit Nagare. Elle m'a appelé il y a quinze jours et m'a parlé de vous. Prenez place.

Il lui désigna une chaise, serrant la carte de visite dans sa main gauche.

— Merci.

— Est-ce que vous avez faim ? Je peux vous préparer quelque chose.

Il posa la carte sur le comptoir.

— J'ai entendu dire que votre cuisine était remarquable. Je serais heureuse d'y goûter.

— Akane exagère. Je ne prépare rien d'exceptionnel, je me contente de sélectionner et servir de bons produits de saison. Y a-t-il des aliments que vous n'aimez pas ?

— Non, je mange de tout avec bon appétit.

— Laissez-moi quelques minutes. Je fais au plus vite.

Il mit sa toque et se précipita en cuisine.

— Critique gastronomique… lut Koishi sur la carte. Vous travaillez pour un magazine ?

— Pour des magazines, des journaux, et depuis peu, souvent pour la télévision.

Elle lui adressa un sourire.

— La chance ! Vous gagnez votre vie à déguster de bons petits plats et à écrire des articles sur le sujet !

— Ce n'est pas aussi simple que ça. D'autant que j'ai de moins en moins de missions, ces derniers temps.

Elle haussa les épaules.

— Vous travaillez avec Akane ? demanda Koishi en lui versant du thé dans une tasse en céramique de Karatsu.

— Nous n'avons collaboré qu'une seule fois. Comme nous sommes toutes deux mères célibataires, nous nous entendons bien. Nous allons boire des verres ensemble plusieurs fois par mois.

Elle haussa à nouveau les épaules, comme prise d'un tic nerveux.

— Vous semblez apprécier l'alcool. Je vous sers un verre ?

— Tout dépendra du plat.

— J'étais sûr que vous diriez cela ! s'exclama Nagare en sortant de la cuisine.

Il étendit sur la table une nappe teinte à l'indigo.

— Vous m'avez percée à jour ? s'amusa Kana.

— Je dirais que vous aimez le vin. Nous ne possédons pas de grands crus, mais je vais vous apporter mon préféré.

Il rejoignit la cuisine.

— Ma mère et moi avons teint ce tissu quand nous sommes allées à Tokushima. L'indigo est une belle couleur, vous ne trouvez pas ?

Koishi aplatit la nappe d'un geste de la main, un sourire aux lèvres.

— Je n'ai pas le souvenir d'être partie en voyage avec la mienne, dit Kana d'un air triste.

— Elle travaille aussi ?

— Elle aide mon père dans son commerce.

— De quoi s'agit-il ?

— D'un restaurant. Il est situé à Hirosaki, dans le nord du Japon.

— Il est comme le nôtre ?

— Difficile de le comparer à un établissement de Kyoto, car il propose de tout, des nouilles *ramen* jusqu'au curry.

Elle se renfrogna.

— Alors c'est comme ici ! répliqua Koishi en riant.

Nagare reparut.

— L'arrivée du printemps m'a inspiré ce panier bien garni.

Une feuille de papier *washi* vert tendre tapissait un gros panier contenant petits bols et assiettes remplis de nourriture. Kana s'empressa de sortir son appareil photo de son sac à main.

— Je peux prendre des photos ?

— Si vous voulez, mais ça ne le mérite pas.

Aussitôt, Kana prit des clichés en rafale.

— On se débarrasse difficilement d'une déformation professionnelle, hein ? ironisa Koishi.

— Je ne peux pas m'en empêcher face à des plats aussi appétissants...

Elle changea l'angle de prise de vue, zooma, dézooma et prit une multitude de photos. Quand le cliquetis du déclencheur se tut, Nagare demanda :

— Vous avez terminé ?

— Oui.

Elle rangea son appareil à la hâte.

— Je vous ai sélectionné des plats qui évoquent le printemps. En haut à gauche...

— Attendez !

Elle attrapa rapidement un dictaphone en forme de stylo et le posa sur la table.

— Allez-y, continuez.

Kana tourna les yeux vers Nagare, qui sourit d'un air embarrassé.

— En haut à gauche, dans le petit bol en céramique de Karatsu, ce sont des pousses de bambou de Nagaoka à l'algue *wakame* d'Izumo. Juste à côté, dans l'assiette longue en céramique Oribe, c'est de la truite grillée avec des feuilles de *kinome* hachées. Dans le bol carré en porcelaine Kutani d'influence chinoise, c'est une omelette aux petits pois. En dessous, ce sont cinq coupelles en céramique d'Imari. De gauche à droite : gratin de palourdes *hamaguri* au *shiro miso*, palourdes *asari* à la ciboule, émincés de poisson *guji* assaisonnés à la sauce *ponzu* et aux feuilles de *kinome*, poulet local mariné dans du *koji* salé puis cuit à la vapeur, et enfin, sushis de petits poissons *ko-ayu* entiers. Dans l'assiette ronde en bas, il s'agit d'un assortiment de beignets de plantes sauvages comestibles : bourgeons de pétasite du Japon, aralie du Japon, fougère d'Autriche, *momijigasa*, fougère comestible *warabi*, salsepareille. On a l'habitude de les manger en tempuras, alors pour changer, j'en ai fait des beignets panés. Vous pouvez y saupoudrer du matcha au sel, mais je vous conseille la sauce Worcestershire au poivre du Japon. Je vous souhaite un bon appétit. Est-ce que ce vin blanc conviendrait ? questionna Nagare en lui présentant une bouteille.

— Attendez !

Kana sortit à nouveau son appareil photo.

— Un de mes amis produit ce vin cent pour cent chardonnay dans la région, déclara-t-il en débouchant la bouteille et en lui servant un verre. Il fermente dans des tonnelets français et mature en tonneau. Sa légère acidité convient parfaitement à la saison.

— Son arôme est excellent.

Après avoir senti le bouchon, Kana attrapa le pied du verre avec trois doigts et goûta le vin.

— Délicieux.

Les yeux brillants, elle saisit la bouteille.

— J'en suis ravi. Il est inutile de le rafraîchir davantage, alors je ne vous apporte pas de seau à glace. Profitez bien de ce repas.

Il retourna en cuisine, suivi de sa fille.

Le déclic du bouton stop du dictaphone résonna dans le restaurant redevenu silencieux. Kana analysa à nouveau le contenu du panier.

— Je crois bien que je vais commencer par les beignets, dit-elle tout haut.

Elle saupoudra du matcha au sel sur un beignet de pétasite et s'en empara avec ses baguettes.

Il croustilla sous la dent, puis une amertume se propagea en bouche et lui laissa une délicate saveur sucrée sur la langue.

— Il faut que je prenne des notes avant d'oublier… chuchota-t-elle.

Elle sortit un carnet et un stylo, puis inscrivit ses remarques de la main gauche.

Avec ses baguettes dans la main droite, elle prit cette fois un beignet de fougère. Elle hésita un moment, avant de le plonger dans l'assiette de sauce.

— La sauce est délicieuse aussi, dit-elle en hochant la tête de contentement.

Elle rajouta quelques notes et, les beignets avalés, elle s'intéressa au haut du panier.

— Les pousses de bambou de Kyoto sont vraiment différentes de toutes les autres !

Kana y mordit bruyamment et y consacra au moins trois lignes dans son carnet.

Elle reprit une gorgée de vin, dirigea ses baguettes vers la truite grillée aux feuilles de *kinome*, puis vers le gratin de palourdes, accompagnant à chaque fois le geste d'un murmure inintelligible. Elle s'octroya un peu de répit et posa ses baguettes pour récupérer son stylo sans lâcher le verre de vin.

— Le meilleur plat est celui-ci.

Elle fit disparaître les émincés de poisson dans sa bouche et nota trois étoiles sur son carnet.

— Le repas vous plaît ?

Nagare reparut avec un plateau rond en argent entre les mains et scruta l'intérieur du panier.

— C'est un régal. J'ai souvent eu l'occasion de manger la cuisine kyotoïte, mais la vôtre figure sans conteste dans mon top trois.

Elle posa son verre pour reprendre son stylo de la main gauche et, satisfaite, souligna les dernières remarques dans son carnet.

— J'en suis honoré. Mais ma cuisine n'est pas du niveau de celle de Kyoto. Je prépare simplement des petits plats qui accompagnent le riz et le saké, déclara Nagare avec sérieux.

— Quelle modestie ! Vous n'avez rien à envier à un restaurant trois étoiles.

Elle lui envoya plusieurs petits coups de coude dans l'estomac.

— Vous êtes adroite de vos deux mains ! constata Nagare pour changer de sujet.

— Je veux pouvoir faire plusieurs choses en même temps.

Elle haussa les épaules, l'air gêné.

— Si cela vous dit, j'ai cuit dans du riz de la pétasite et des minuscules crevettes roses *sakura ebi*.

— Est-ce que je peux d'abord savourer un autre verre de vin ?

— Bien sûr ! Je vous apporterai le riz avec la soupe.

Son plateau coincé sous le bras, il regagna la cuisine.

Kana se servit un verre, mais son regard vagabonda vers le panier. Elle saisit le bol carré en céramique Kutani et l'approcha de son nez.

Il exhalait une odeur de verdure qui lui rappela d'agréables souvenirs. À l'aide de sa cuillère, elle puisa des petits pois enrobés d'omelette et les posa sur sa langue.

Elle examina à nouveau le panier et, cette fois, son regard s'arrêta sur les sushis. Elle zooma au maximum sur ce plat avec son appareil photo.

L'objectif n'était qu'à quelques millimètres d'un poisson dont le dos scintillait à travers l'écran. Kana se remémora le jour où son père l'avait emmenée pêcher l'*ayu* dans la préfecture voisine à la leur.

Elle avait patienté longtemps, le fil de pêche immergé dans l'eau, jusqu'à ce qu'un *ayu* morde enfin à l'hameçon et prenne les rayons du soleil estival. Ses écailles étincelaient de mille feux. Il se tortillait en tous sens, comme suppliant de lui laisser la vie sauve. Kana avait dit à son père : « Autant le remettre à l'eau si ce qu'on aime, c'est juste pêcher ! » Mais il avait réprimandé avec véhémence la fillette qui venait d'entrer à l'école primaire :

« Pêcher des poissons équivaut à les tuer. De même pour la viande et les légumes.

C'est pour ça qu'on dit *itadakimasu* en début de repas. Ça vient du verbe *itadaku*, recevoir, parce qu'on reçoit leur vie pour manger. Alors les poissons pêchés, il faut les avaler. » Kana n'avait pas aimé être sermonnée de la sorte, ce qui avait sans doute transparu sur son visage : son père lui avait mis une gifle sans prévenir.

Cette anecdote ne l'avait pas traumatisée, mais elle lui revenait de temps en temps en mémoire. À chaque fois, une puissante amertume s'emparait d'elle.

La mésentente entre elle et son père datait probablement de cette sortie. Tout en photographiant les sushis, Kana se replongea dans son passé.

Quand elle les eut presque tous mangés, Nagare apporta une petite cocotte en terre cuite.

— Au printemps, de nombreux êtres viennent à la vie. J'ai cuit dans du riz des petites crevettes roses de mer *sakura ebi* et de la pétasite cueillie en montagne. Je l'ai légèrement salé, et c'est très bon comme ça, mais vous pouvez y ajouter du miso de bourgeons de pétasite et vous préparer un riz au thé *ochazuke*. Je vous apporte la soupe tout de suite.

Nagare lui servit un petit bol de riz, puis il s'éclipsa.

Le mot « vie » prononcé par Nagare retentit au fond du cœur de Kana. Peut-être était-ce parce que Nagare était du même âge que son père ou parce qu'ils partageaient le même métier. Elle dégusta le riz en méditant à la question.

— C'est délicieux ! s'écria-t-elle, le regard pétillant de joie.

Concentrée, elle engloutit son plat sans même penser à le photographier.

En un clin d'œil, le bol fut vide, et pendant qu'elle se resservait dans la cocotte, Nagare reparut avec un second bol sur un plateau rectangulaire.

— Alors ?

— Je ne m'attendais pas à ce que ce soit aussi savoureux !

— J'en suis heureux. Comme la saison de la pêche aux crevettes roses vient juste de commencer à Yui, ce sont les premières de l'année. D'après une vieille croyance, manger les premières *sakura ebi* garantirait une longue vie.

Lorsqu'il retira le couvercle, un nuage de vapeur s'éleva du bol.

— Oh, ça sent bon !

Elle avança son visage et, les yeux fermés, huma les effluves.

— C'est un bouillon transparent aromatisé aux feuilles de *kinome* qui ne contient que des dés de tofu.

— C'est tout ? Pourtant, l'odeur me paraît plus intense.

— J'ai grillé les arêtes des poissons utilisés en sushis pour en faire un bouillon. Il faut dire que j'avais préparé beaucoup de sushis.

— C'est donc l'odeur des *ayu*. Ces poissons ont pourtant de si petites arêtes…

Elle fourra son nez dans la vapeur jaillissant du bol.

— On les appelle aussi *nengyo* ou « poisson annuel ». Leur vie est si courte que les envoyer au paradis en les mangeant est bien triste, continua Nagare.

Kana, de nature bavarde, garda pour une fois les lèvres closes.

— Quand vous aurez terminé votre repas, je vous emmènerai voir ma fille dans son bureau.

Il coinça le plateau sous son bras et se retira.

Kana approcha le bol de sa bouche. Les dés de tofu de cinq millimètres glissèrent sur sa langue et l'odeur des *ayu* et des feuilles de *kinome* emplit ses narines. Elle poussa un soupir de satisfaction.

— Penser à la vie et à la mort, ça gâche le repas.

Elle vida le bol de bouillon, mais il restait un tiers de riz dans la marmite en terre cuite. Ses joues s'empourprèrent, peut-être sous l'effet de l'alcool.

— Il faut que je goûte à l'*ochazuke* !

Quand les paroles de Nagare lui revinrent à l'esprit, elle se dépêcha de remplir son bol de riz aux crevettes et à la pétasite, y ajouta du miso de bourgeons de pétasite et y versa du thé.

Elle saisit ses baguettes et aspira bruyamment le mélange. Elle acheva son déjeuner sans en laisser une miette et reposa doucement ses couverts.

— Je vous conduis ? suggéra Nagare qui venait de sortir de la cuisine.

— S'il vous plaît.

Elle se leva d'un bond.

Nagare ouvrit la porte à côté du comptoir et devança Kana. Celle-ci le suivit, légèrement en retrait.

— J'ai oublié de vous remercier pour le repas, lança-t-elle dans son dos.

— *Yoroshu oagari* ! répondit Nagare en se retournant joyeusement vers elle.

— Comment ?

— *Yoroshu oagari*. Ça signifie : « Vous avez bien mangé ! » Cette expression s'emploie beaucoup dans les foyers kyotoïtes en réponse à *gochisosama*, « merci pour le repas ». Mais bon, normalement, on ne l'utilise pas au restaurant.

Nagare s'immobilisa et se tourna vers elle.

— Comme vous avez dit *oagari*, « allez-y, mangez », j'ai cru qu'il y avait un autre plat !

— Savez-vous ce qu'on répond après *gochisosama* ? répondit-il.

— *Osomatsu sama*, non ?

— Littéralement, ça signifie que ce qu'on a servi est bien peu de chose. Mais ce que je vous ai proposé n'était pas si terrible !

— C'est une expression toute faite ! Il ne faut pas la prendre au pied de la lettre ! s'agaça Kana.

— Veuillez m'excuser.

Nagare s'inclina, puis il se dirigea vers la porte au fond du couloir. Il frappa et presque aussitôt, Koishi passa son visage par l'encadrement.

— Entrez.

Nagare s'assura que Kana, prise d'un nouveau spasme, ait franchi le seuil, puis il fit demi-tour et laissa les deux jeunes femmes.

— Je sais que c'est fastidieux, mais pouvez-vous me remplir ceci ?

Dès que Kana fut assise en face d'elle, Koishi lui remit stylo et porte-formulaire. Kana le compléta rapidement de la main gauche.

— Vous êtes gauchère ?

— Je l'étais quand j'étais petite, mais mon père m'a forcée à écrire de la main droite, alors au fil du temps, je suis devenue ambidextre.

Avec un sourire, elle rendit le formulaire à Koishi.

— Trente-neuf ans. Vous approchez la quarantaine !

— Je n'arrive pas à y croire…

— Moi aussi, il va falloir que je m'y prépare psychologiquement. Madame Kana Takeda, quel plat souhaitez-vous que nous retrouvions ?

Koishi posa son smartphone sur la table basse.

— Vous avez enregistré mon père tout à l'heure, n'est-ce pas ? Je vais reprendre votre technique. En ce moment, j'oublie un peu trop de choses, comme de noter des éléments importants pendant les entretiens. Avec cette méthode, le problème sera résolu. Allez-y, je vous écoute.

Koishi mit le dictaphone en marche.

— C'est un steak haché en sauce.

— À l'occidentale ou à la japonaise ? demanda Koishi en ouvrant son cahier.

— On ne le trouve pas dans les vrais restaurants de cuisine occidentale, mais plutôt préparé par un amateur dans des auberges traditionnelles… Ah, excusez-moi. Je ne parle pas d'un établissement aussi admirable que le vôtre.

— Ne vous inquiétez pas. Nous ne sommes pas un grand restaurant, dit Koishi avec un sourire poli. Où et quand l'avez-vous mangé ?

— Je crois que mon père le cuisinait.

— Comment ça, vous croyez ? Vous ne l'avez jamais vu faire ?

— Ce n'est pas moi qui y ai goûté. Il faut que je vous raconte tout.

Elle se rassit correctement et toussota.

— C'est si compliqué que ça ? interrogea Koishi, se tenant prête à écrire.

— J'ai un fils de six ans qui s'appelle Yusuke. J'aimerais que vous retrouviez le steak haché qu'il a mangé.

— Concocté par votre père ?

— Je pense que oui. C'est la seule possibilité.

— On dirait que vous n'êtes sûre de rien.

Koishi pencha la tête d'un côté, puis de l'autre.

— Dans son album de fin de maternelle, Yusuke a répondu que son plat préféré était le steak haché. Mais je ne lui en ai jamais servi et je n'en ai jamais mangé avec lui. Il y a deux ans, nous sommes retournés à Hirosaki. Au moment de lui annoncer que nous allions habiter seulement tous les deux, il m'a raconté que mon père lui en avait servi pendant mon absence. Je ne vois que ça.

Son visage s'assombrit.

— Mais les enfants adorent les steaks hachés. Il n'en aurait pas eu à la cantine ?

— Notre maternelle n'a pas de cantine. Les enfants emportent leur bento.

— Et vous n'y avez jamais ajouté de steak ?

— Mon mari était un fin gourmet, il ne mangeait ni poisson ni viande transformés. Comme il n'avalait jamais de viande hachée ou de boulettes, il n'en préparait pas à Yusuke. Nous étions sur la même longueur d'onde à ce sujet, alors moi non plus, je ne lui en ai jamais servi.

— C'est dommage, il existe pourtant de bons produits, même congelés.

— Ce qui est dommage, c'est de faire avaler des additifs et des conservateurs à des enfants ! s'offusqua Kana.

— Vous pouvez très bien marteler la viande vous-même et confectionner ce steak haché chez vous plutôt que d'acheter un plat tout fait ! répliqua Koishi, un peu vexée.

— Pourquoi devrais-je la marteler et dénaturer sa forme puisqu'il existe de la vraie viande ? Un substitut n'est pas nécessaire ! objecta Kana avec la même ardeur.

Koishi éleva la voix.

— Vous dites qu'un steak haché est un substitut ?

Un silence chargé de malaise s'installa pendant un moment. Koishi fut la première à lâcher du lest.

— Excusez-moi, je me suis emportée.

— Non, c'est à moi de m'excuser, dit Kana en baissant la tête.

— Revenons à notre sujet. Le plus simple serait de consulter directement votre père, si c'est lui qui l'a cuisiné, non ?

— Je ne m'entends plus avec lui... Je ne suis pas rentrée chez mes parents cette année, ni l'an dernier. Je ne veux pas lui demander sa recette de but en blanc. Et jamais je n'oserais avouer que le plat préféré de mon fils est un steak haché ! s'exclama-t-elle.

— J'ignore ce qui s'est passé pour que vous en arriviez là, mais vous êtes sa fille, alors autant lui demander, vous ne croyez pas ?

Koishi jeta un regard hautain à Kana, qui détourna la tête, agacée.

— Bon, d'accord, lâcha Koishi. Mon père ira déguster ce steak dans le restaurant de votre père. Ça lui permettra d'en apprendre plus sur ce plat.

— Non, ça ne suffira pas, car je ne sais pas s'il a servi à Yusuke le steak qui figure au menu de son restaurant. Il faut vraiment l'interroger, mais sans révéler que la demande vient de moi, affirma Kana en regardant Koishi.

— Je ne vois pas comment !

— J'ai une idée. Et si votre père se faisait passer pour un critique gastronomique ? Le restaurant de mon père fait souvent l'objet d'articles, et il n'a jamais refusé une interview. Si vous dites que c'est pour *Ryori shunju*, il acceptera volontiers. Avec l'aval d'Akane ! dit-elle d'un air espiègle.

— C'est une bonne idée. Mais mon père déteste les mensonges, alors je doute qu'il accepte. Je verrai avec lui comment faire. Quel est le nom du restaurant ? demanda Koishi.

— « Le restaurant Takeda. » C'est un commerce vieux d'une centaine d'années.

Kana sortit une photographie de son sac et la posa sur la table basse.

— Ça rend bien sous cette couche de neige. Cette photo a été prise il y a longtemps ?

— Il y a trois ans. Je pense que seule son ancienneté lui vaut le mérite de figurer dans un magazine.

— C'est incroyable qu'il soit toujours ouvert. Ça me donne envie d'y aller. Quelle longévité ! s'enthousiasma Koishi en attrapant le cliché et en l'observant attentivement.

— Parce que vous le voyez en photo. Vous seriez sûrement déçue si vous y preniez un repas.

Kana haussa les épaules.

— À propos, pourquoi souhaitez-vous la recette de ce steak haché, aujourd'hui ?

Koishi rendit la photographie à Kana en imitant son tic.

— Je souhaite comparer le plat que j'estime être le meilleur avec celui que mon fils croit être son préféré.

Elle glissa le cliché dans son agenda et le rangea dans son sac.

— Quel est le vôtre ?

— Un tournedos Rossini d'un restaurant de viande de Shirokane, un quartier de Tokyo. C'est le meilleur plat que j'aie jamais goûté dans le cadre de mon travail. Ce filet de bœuf de Yamagata grillé surmonté de foie gras et de lamelles de truffe était divin. C'était un tel chef-d'œuvre que j'ai été bouleversée.

— C'est une démarche un peu étrange de vouloir le comparer à un simple steak haché.

— Je veux que Yusuke mange le steak qu'il pense être le meilleur et ensuite, l'emmener goûter un tournedos Rossini au restaurant de viande. Comme ça, il saura ce qu'est la vraie cuisine.

— Alors c'est ça, votre objectif…

Irritée, Koishi poussa un gros soupir.

— Je veux qu'en grandissant, il soit cultivé et ouvert sur le monde. Qu'il découvre des produits d'excellence, en partie pour que les autres ne se moquent pas de lui à cause de l'absence de son père. Je ne parle pas d'objets superficiels tels que des vêtements. Je veux qu'il ait du discernement, pas qu'il me dise, comme un nécessiteux, que le meilleur plat au monde est un steak haché d'un restaurant de campagne.

Exaspérée par les paroles de Kana, Koishi ravala la repartie qu'elle avait sur le bout de la langue jusqu'au plus profond de son estomac.

— D'accord... Mon père mènera les recherches...

Elle referma son cahier et, d'un coup sec, éteignit l'enregistreur de son téléphone.

— Merci, lança Kana avec un petit signe de tête poli, avant de se lever d'un geste agile.

Lorsqu'il vit arriver les deux jeunes femmes, Nagare replia son journal et tourna la tête vers Koishi.

— Tu l'as écoutée comme il faut ?

Mais Kana répondit à sa place, en se courbant respectueusement.

— Oui. Merci par avance pour votre aide.

— Je ferai de mon mieux. Koishi, tu as pris le second rendez-vous ? demanda Nagare en s'adressant à sa fille.

— Ça vous va dans deux semaines ? proposa Koishi à Kana sans la moindre courtoisie.

— C'est parfait. Pouvez-vous me faire livrer le plat par transport réfrigéré avec la recette ? Bien sûr, je réglerai la note.

Elle mit son sac sur son épaule et agrippa la poignée de sa valise.

— Vous l'envoyer ? C'est impossible. Mon père doit vous expliquer le résultat de ses recherches, dit Koishi, qui bouillonnait.

— Mais dans deux semaines, ce sera juste avant la cérémonie d'entrée à l'école primaire. Je serai débordée, répliqua Kana en faisant la moue.

— Je comprends, mais je ne peux pas vous envoyer un plat par la poste, je ne travaille pas comme ça. Je préférerais que vous veniez, répondit Nagare avec douceur.

— Entendu. Je trouverai un moyen.

Elle quitta le restaurant avec un haussement d'épaules.

Nagare et Koishi l'accompagnèrent dehors.

— Où allez-vous ? demanda Nagare en posant les yeux sur sa grosse valise.

— Dans trois restaurants qui viennent d'ouvrir en ville, pour un magazine qui prépare un numéro spécial sur Kyoto à l'automne, annonça-t-elle en étant prise d'un énième tic.

— Vous passez la nuit à Kyoto ?

— Oui, dans un nouvel hôtel situé le long de la rivière Kamogawa.

— Vous laissez Yusuke tout seul ? demanda Koishi.

Elle attrapa Roupillon, affalé aux pieds de Kana, et le garda dans ses bras.

— Je l'ai confié aux bons soins de sa baby-sitter, répondit-elle, puis elle se dirigea vers l'est.

— Prenez soin de vous, fit Nagare avant de jeter un regard noir à Roupillon.

— Pas besoin de faire cette tête, dit Koishi, je ne l'emmènerai pas à l'intérieur ! Hein, Roupillon, tu le sais bien. À plus tard !

Koishi posa le chat au sol et lui adressa un petit signe de la main.

— Alors, quel est le plat ? demanda Nagare en s'asseyant sur une chaise.

— Un steak haché.

— De quel restaurant ?

— Oui, c'est un restaurant, mais…

Elle s'installa en face de lui et lui présenta son cahier ouvert.

— C'est tout ce que tu as pris comme notes ? Ça ne va pas m'aider ! râla-t-il en feuilletant le cahier, sourcils froncés.

— Ne stresse pas, j'ai mon arme secrète.

Elle posa son smartphone sur la table et appuya sur lecture.

— Avoue, tu as fait exprès d'oublier de prendre des notes ! ricana Nagare en approchant son oreille du téléphone.

— Kana est désagréable. J'ai du mal à croire qu'elle soit amie avec Akane.

— Garde pour toi ce genre de commentaire. Notre tâche consiste à retrouver la recette qu'on nous demande, dit Nagare, sévère, l'oreille toujours collée au smartphone.

— Tu vas voir, elle souhaite qu'on mente à son père, l'informa Koishi en ouvrant son cahier à la bonne page pour la montrer à Nagare.

— Lui mentir ? Comment ça ?

— Je vais faire avance rapide. Écoute, tu seras sûrement contre.

Elle fit glisser son doigt sur l'écran et haussa les épaules à la manière de Kana.

Son père écouta avec attention, puis il s'éloigna du téléphone, l'air ravi.

— Ça va être amusant ! Moi aussi, je vais devenir critique gastronomique !

— En dupant quelqu'un !

— J'ai lu dans un livre que l'écrivain Shotaro Ikenami faisait parfois ce genre de plaisanterie. Il allait dans des auberges et, pour s'amuser, se faisait passer pour un vendeur de médicaments de Toyama, réputés pour leur efficacité. Pour certains, berner les gens est un passe-temps.

— Ce n'est pas un crime, mais bon...

— Demain, je pars pour Hirosaki à la première heure.

— Rapporte-moi des petites choses à grignoter ! lança Koishi en lui tapotant le dos.

Aussitôt, Nagare fit la grimace.

Chapitre 2

En période de pleine floraison des cerisiers, Kyoto était noire de monde. Un sac à main rose sur l'épaule, Kana fendit la foule jusqu'au restaurant Kamogawa.

Couché par terre, Roupillon lui jeta un coup d'œil et bâilla à s'en décrocher la mâchoire.

— Bonjour, salua Kana en franchissant le seuil.

— Bienvenue. Il fait beau aujourd'hui, n'est-ce pas ?

Koishi leva les yeux vers le ciel bleu printanier, puis referma la porte derrière elle.

— Nous vous attendions, dit Nagare, qui sortit de la cuisine en retirant sa toque.

— Je m'en remets à vous.

Kana lui adressa un signe de tête et retira son sac de son épaule.

— J'imagine que vous êtes pressée, mais puisque vous êtes là, je vous propose de goûter au plat. J'ai préparé une seconde portion à emporter.

Kana vérifia sa montre, puis s'assit sur une chaise.

— Très bien.

— Ce sera bientôt prêt, annonça-t-il avant de retourner en cuisine en toute hâte.

— Que voulez-vous boire ? demanda Koishi en essuyant la table de Kana.

— Je dois partir juste après, donc cette fois, je prendrai un thé, répondit-elle en manipulant son smartphone.

Koishi versa l'eau de la bouilloire dans une théière.

Le restaurant fut un temps enveloppé dans le silence, jusqu'à ce qu'un fracas retentisse en cuisine. C'était un bruit sourd et répétitif, comme lorsqu'on bat de la pâte de riz pour fabriquer du mochi. Au bout d'un moment, on entendit le son aigu d'étincelles crépitantes. Un fumet appétissant atteignit les narines de Kana.

— Ça sent bon, s'émerveilla-t-elle, lâchant son téléphone du regard.

— Je trouvais aussi au début, mais comme récemment je sens cette odeur tous les jours, je m'en suis lassée.

Koishi versa du thé dans une tasse en céramique de Kiyomizu.

— Je vous ai causé bien du souci, j'ai l'impression.

Rangeant son téléphone dans son sac, Kana s'excusa d'un geste de la tête.

— Non, non, c'est notre travail. Mais mon père est un perfectionniste qui reproduit inlassablement la recette jusqu'à être satisfait. Et à force de goûter ses plats, voilà à quoi je ressemble !

Elle tapota son ventre par-dessus son tablier noir.

— Koishi, as-tu préparé la table ?

Nagare passa la tête entre les deux pans du rideau *noren* marquant la séparation avec la cuisine.

— Ici, c'est tout bon.

Elle posa un set de table jaune devant Kana, ainsi que des couverts miniatures.

— Une fourchette Mickey et des baguettes Donald ? On dirait un menu enfant ! s'amusa-t-elle.

— Mon père les a récupérés. Pour lui, le service fait partie intégrante du goût d'un plat, précisa Koishi, un peu embarrassée.

Nagare apporta le steak sur son plateau en argent.

— Voici le steak préféré de Yusuke. Mangez pendant que c'est chaud, conseilla-t-il en disposant une assiette blanche sur le set de table.

— Je vous confie la théière. Si vous n'en avez plus assez, appelez-moi.

Un sourire aux lèvres, Koishi retourna en cuisine avec Nagare.

Kana mit la main sur son appareil photo et prit plusieurs clichés.

À première vue, le steak au centre de l'assiette blanche n'avait rien d'extraordinaire. Il était nappé d'une sauce rouge comparable à du ketchup qu'on aurait fait réduire et non d'une sauce demi-glace. Un œuf sur le plat trônait sur la viande, aux côtés de frites, de carottes Vichy, de maïs au beurre, soit des préparations tout à fait classiques. L'assiette était accompagnée de spaghettis à la sauce tomate, une recette bien aimée des enfants.

Kana poussa un énorme soupir et porta le steak à sa bouche sans grande conviction.

— Mais… C'est quoi ce goût ? s'écria-t-elle après y avoir mordu. C'est…

Elle troqua ses baguettes contre sa fourchette, coupa le steak en grosses portions, en trempa une dans la sauce et la dégusta.

Tout en mastiquant lentement, elle leva la tête au plafond, puis ferma les yeux.

Un grondement fit écho dans ses oreilles, tel le vent s'engouffrant dans une vallée. La voix rauque de son père saoul, le rire suraigu de sa mère, les cris de son petit frère. Dans un salon de sept mètres carrés, ils mangeaient et riaient, assis à une table basse. La saveur qui s'éveillait en bouche était celle de ce moment particulier. Mais d'habitude, le plat servi à table était des nouilles *soba*.

Pensive, Kana brisa le jaune et avala un morceau d'œuf sur le plat en l'enroulant autour d'un bout de steak. Avec sa fourchette, elle piqua carottes, frites, grains de maïs et les mangea les uns après les autres.

Au fur et à mesure du repas, elle remarqua que ses épaules se détendaient. Non seulement ses épaules, mais aussi ses doigts, le sommet de son crâne, ses genoux jusqu'à ses talons, comme si elle flottait dans les airs.

— Alors ? Cela vous convient ?

Nagare s'était approché d'elle, une théière en céramique Mashiko à la main.

— J'ai testé ce plat dans plusieurs restaurants, mais cette saveur est une grande première pour moi. Et pourtant, quelque part…

Kana releva la tête et laissa échapper un soupir.

— Ça vous rappelle des souvenirs, compléta Nagare avec gentillesse.

— Pourquoi ? Comment est-ce possible ? Je ne me rappelle pas en avoir mangé en famille, dit-elle, l'air contrarié.

— Le goût est une chose mystérieuse, commença Nagare en posant sur la table une tasse de thé en céramique de Karatsu, puis en servant Kana. Le mot « foyer » évoque le lieu où vit une famille. Ce n'est pas seulement l'endroit où nous prenons nos repas, c'est aussi ce qui fait qui nous sommes. La sérénité que l'on ressent à être ensemble et la sollicitude entre membres d'une même famille transparaissent dans la cuisine. Et quand vous étiez petite, vous avez certainement mangé avec ce genre d'ustensiles pour enfant.

Kana n'était pas convaincue par son discours, mais elle se garda de réagir.

— Cette assiette et ces couverts sont proposés aux enfants dans le restaurant de votre père, ajouta Koishi en lui envoyant un regard complice. Mon père les lui a empruntés en prétendant qu'ils serviraient à une séance photo pour *Ryori shunju*.

— J'en ai eu des sueurs froides, intervint Nagare. Lorsque j'étais sur place, j'ai reçu un appel d'Akane, ce qui m'a accordé la confiance de votre père. Mais j'ai eu mauvaise conscience tout du long.

— Alors vous avez réussi à ne pas mentionner mon nom !

Kana sourit, comme soulagée.

— Je n'ai rien dit, mais votre père a parlé de vous.

— Quoi ? s'exclama-t-elle, le visage crispé.

— Il m'attendait au tournant, persuadé que j'étais critique gastronomique. Il m'a demandé si je vous connaissais.

Mal à l'aise, Nagare lui tendit une photographie de Yoshio Takeda, le père de Kana.

— Il n'a pas du tout changé, dit-elle, l'air étonné, en saisissant le cliché.

— J'ai répondu de manière ambiguë, ce qu'il n'a pas apprécié. D'après lui, si je travaillais dans le monde de la cuisine, je devais forcément connaître le nom de Kana Takeda. Il a été très offensé.

— Il est fier de sa fille ! Pas comme toi ! bougonna Koishi.

— Son restaurant propose un steak haché, alors j'en ai profité pour lui demander la recette.

Nagare extirpa une feuille de papier d'un porte-documents et la tendit à Kana.

— Est-ce bien le plat qu'a mangé Yusuke ? s'enquit-elle, inquiète.

— C'est aussi ce qui m'intéressait, et j'en ai touché un mot à votre père durant la dégustation. « Si vous avez des petits-enfants, ils doivent être aux anges ! » ai-je dit. Il s'est penché vers moi et m'a répondu fièrement : « Mon petit-fils a répété combien c'était bon et il a voulu que je le resserve ! » Selon moi, cela ne fait aucun doute.

— De la farine de soja ? lut Kana.

— Votre père l'utilise comme liant. Elle entre aussi dans la composition des *tsugaru soba*, une spécialité de Hirosaki, dit Nagare en lui présentant une brochure à ce propos.

Un peu déçue, Kana comprit la raison de sa nostalgie. Ces nouilles étaient le plat le plus populaire du restaurant Takeda, sujet sur lequel portaient la plupart des interviews que son père donnait à des magazines. Kana en avalait presque quotidiennement avant de rejoindre la capitale et, dans son souvenir, leur goût était bien différent de celui des *juwari soba*, nouilles uniquement fabriquées à base de farine de sarrasin. Elle se sentait mal de s'être émue pour de la farine de soja, un symbole de pauvreté.

— Ce plat était bon, mais comparé au délice que représente un vrai steak…

Elle parcourut la recette, puis la rangea dans le porte-documents.

— À mon avis, vous faites erreur de les comparer, ronchonna Koishi.

— Je vous l'ai dit l'autre jour, je veux que mon fils soit capable de percevoir la différence. Je souhaite qu'il connaisse l'excellence, en cuisine comme dans d'autres domaines, répliqua Kana avant de hausser les sourcils.

— C'est juste votre avis de parent. Vous ne croyez pas que votre enfant se moque de tout ça ?

Koishi la dévisagea.

— Peut-être. Mais je dois faire de mon mieux pour que Yusuke devienne quelqu'un d'exemplaire, rabâcha-t-elle comme pour s'en convaincre, hochant la tête de façon répétée.

— C'est votre ego de parent…

— Koishi.

Le regard dur, Nagare retint sa fille d'en rajouter.

Mécontente, elle lança un coup d'œil en coin à Kana qui, immobile, fixait un point. Le silence se prolongea un moment, jusqu'à ce que Nagare prenne la parole.

— J'ai cru comprendre que votre mari était décédé.

Ébahie, Koishi tourna les yeux vers Kana, qui parut choquée un instant, puis acquiesça.

— Si je ne lui avais rien demandé, il n'aurait pas eu d'accident, dit-elle en se mordant la lèvre.

Totalement absorbée par son travail, elle n'avait pas eu le temps de faire les courses et elle avait confié cette corvée à son mari. Sur le trajet, il avait eu un accident mortel. Cette tragédie gravée dans son cœur était son plus grand regret.

— Un accident…

Koishi se rembrunit.

— Votre père m'a raconté ce qui s'est passé. Il a dû baisser sa garde, pensant que vous et moi avions la même profession. Puis votre mère a rejoint la conversation pour compléter ses dires, déclara Nagare d'un ton morose.

Kana baissa les yeux au sol, sans cesser de se mordiller la lèvre.

— Élever seule votre fils était déjà difficile en soi, mais vous avez estimé devoir aussi remplir le rôle de père. Vous avez toujours fait le maximum, et c'est lié à votre désir de viser l'excellence.

Kana hocha la tête sans un mot.

— Vous avez fait de votre mieux. Mais c'est assez. Dorénavant, choyez votre fils.

Je suis sûr que votre mari le souhaiterait aussi.

Il posa doucement la main sur son épaule.

Kana, qui jusque-là n'avait eu aucun spasme, se mit à trembler, et soudain, ses épaules furent prises de violentes secousses.

— Je ne veux pas lui faire honte parce que je suis son seul parent. J'ai toujours pensé comme ça…

Dans le restaurant à présent silencieux, une agitation s'élevait de temps à autre depuis l'extérieur, mais comme la marée qui redescend, le calme régna à nouveau.

— Oui, ce plat n'égale pas un steak haut de gamme. Mais il renferme la saveur du temps et des efforts passés en cuisine. La viande hachée est mélangée au liant, puis elle est pétrie à la main pour lui donner sa forme. C'est à cette étape que l'amour entre en scène, exactement comme dans les boules de riz : les sentiments de la personne qui cuisine se transmettent par la paume des mains. Même si Yusuke est encore jeune, il a certainement ressenti l'amour de son grand-père, dit Nagare.

— J'y ai goûté aussi et je trouve ce plat réconfortant.

Koishi désigna du doigt l'assiette vide à l'effigie de personnages des Super Sentai, tout en essuyant le coin de ses yeux humides.

— Si sa maman cuisine avec amour, un enfant appréciera n'importe quoi, dit Nagare en souriant à Kana.

— Oui...

Celle-ci baissa la tête, le bord de ses yeux noirs de mascara.

— Votre maquillage coule, l'avertit Koishi.

— Ce n'est pas grave, je l'ajusterai dans les toilettes de la gare, assura-t-elle d'un ton amical.

— Voici la recette et la portion qui reste pour Yusuke, dit Koishi en lui remettant un sac en papier.

— J'y pense, la dernière fois, j'ai oublié de payer le repas. J'aimerais régler les deux.

Kana sortit de son sac rose un long portefeuille de couleur identique.

— Pouvez-vous verser sur ce compte la somme que vous dictera votre cœur ?

Koishi lui tendit un papier inséré dans une enveloppe blanche.

— D'accord, répondit Kana en la glissant dans son portefeuille avant de le ranger dans son sac.

— Portez-vous bien, lui lança Nagare alors qu'elle quittait le restaurant.

— Merci pour votre aide.

Au moment où Kana s'inclinait, Roupillon bondit à ses pieds.

— Ne salis pas ses vêtements ! s'écria Nagare en lui jetant un regard assassin.

— Ça ne m'embête pas.

Kana s'accroupit pour caresser le chat sur la tête.

— On sent que le printemps est là ! se réjouit Koishi en levant les yeux vers le ciel bleu, éblouie par le soleil.

Kana se redressa et porta son regard vers le ciel.

— Il faut que j'emmène Yusuke pique-niquer sous les cerisiers en fleurs. Je préparerai un bento avec un steak haché.

— Bonne idée, murmura Nagare.

Elle s'éloigna, puis se retourna brusquement.

— Ah, j'ai oublié de vous dire, j'ai trouvé que la sauce avait un goût bizarre.

— Après avoir fait réduire de la sauce Worcestershire et du ketchup, vote père ajoute du *ke no shiru*.

— Du *ke no shiru*... répéta-t-elle, les yeux dans le vague.

— C'est une belle personne.

Revigorée par ces paroles, Kana se remit à marcher d'un pas lent.

— Passez le bonjour à Yusuke de notre part ! cria Koishi.

Kana leur adressa un petit signe de la main.

— Ce soir, ça te dit de pique-niquer sous les cerisiers éclairés ? On pourrait emporter des steaks hachés, suggéra Nagare en s'asseyant au comptoir et en dépliant le journal.

— Oui, et on prendra aussi du saké !

— En plus, ils sont en fleurs au palais impérial, annonça-t-il en parcourant le bulletin de floraison des cerisiers.

— Tout à l'heure, tu as parlé de *ke no shiru*. Qu'est-ce que c'est ? demanda Koishi en nettoyant la table.

— C'est un bouillon mitonné à partir de légumes finement hachés, comme du radis blanc ou des carottes, qu'on fait mijoter avec de l'algue *konbu*, des tranches de tofu frites et du konjac. La particularité est qu'à la fin, on y mélange de la pâte de soja.

— En quoi ça fait de son père une « belle personne » ? fit Koishi en entrant dans la cuisine, la tête tournée vers Nagare.

— En hiver, à cause de l'épaisse couche de neige qui s'abat sur le nord du Japon, il est impossible de cueillir les sept plantes ajoutées à la bouillie de riz qui se mange en début d'année. Le *ke no shiru* les remplace. Les familles en préparent une grande quantité qu'elles avalent quotidiennement les premiers jours de l'année. Le but serait aussi de soulager la vie des femmes habituellement affairées en cuisine.

Nagare replia son journal.

— Maman, tu as entendu ? Les hommes d'Aomori ont bon cœur !

Elle s'agenouilla devant l'autel.

— Les Kyotoïtes encore plus ! Kikuko en sait quelque chose.

— Ah, tu crois ? ironisa Koishi, en entrouvrant les yeux, les mains jointes.

— On va préparer trois bentos au steak haché.

Avec un regard dirigé vers l'autel, Nagare retroussa ses manches.

TROISIÈME PARTIE

Le gâteau de Noël

Chapitre 1

Le plafond de la gare de Kyoto, à la sortie Karasuma, était si haut qu'un monumental escalier de trente-cinq mètres s'élevait jusqu'au dixième étage. Comme en chaque mois de décembre, des images de Noël étaient projetées sur les paliers et sur l'ensemble des cent soixante et onze marches.

Une fois les portillons de la gare franchis, Yoshie Sakamoto leva les yeux vers le grand escalier et tira spontanément sur la manche de son mari.

— Regarde ! C'est magnifique !

— C'est vrai. On dirait un écran.

— Cette année, j'aimerais bien qu'on installe un sapin, fit-elle en admirant un gigantesque arbre de Noël.

Sans rien dire, Masayuki leva la tête dans la même direction.

— Tu hésites ?

Une vapeur blanche s'échappa des lèvres de Yoshie, refroidie par le vent du nord, tandis qu'elle s'appuyait sur son mari.

— Je n'ai pas encore pris ma décision.

Le feu passa au vert, mais Masayuki resta figé sur place. Yoshie le poussa doucement dans le dos, les yeux haussés vers son profil.

Le couple, qui remontait la rue Karasuma, traversa la rue Shichijo, puis bifurqua à droite.

Ils arrivèrent dans la rue Shomen, qui concentrait des magasins d'accessoires bouddhiques de part et d'autre de la voie. Parmi tous ces commerces fermés et obscurs, seul l'un d'eux était éclairé.

— Ce doit être ici, supposa Yoshie en le pointant du doigt.

— Un bâtiment d'un étage en mortier, sans panneau ni rideau *noren* : c'est exactement ce qu'on nous avait décrit.

Masayuki rangea son papier sans sa poche.

Le premier étage de cette construction, qui ressemblait à tout sauf à un restaurant, était noyé dans l'ombre, mais une fenêtre au rez-de-chaussée laissait filtrer de la lumière sur la rue. Même s'il paraissait fermé, il y avait quelqu'un, c'était certain. Face à la porte d'entrée, Masayuki et Yoshie échangèrent un regard, puis ils ôtèrent leur manteau.

Yoshie ouvrit la porte coulissante.

— Bonsoir…

Elle n'obtint aucune réponse mais, peu après, Nagare sortit de la cuisine en tenue de travail blanche.

— Vous désirez quelque chose ?

— C'est bien le restaurant Kamogawa ? demanda Masayuki.

— Oui, mais je suis désolé, nous sommes fermés… répliqua Nagare avec réserve.

— Nous sommes venus vous demander de retrouver une recette, déclara Yoshie, le regard suppliant.

Après un moment de réflexion, Nagare les invita à l'intérieur d'un geste de la main.

— Entrez.

— Merci beaucoup, lancèrent en chœur Yoshie et Masayuki, soulagés.

Nagare leur proposa des chaises.

— Asseyez-vous.

— Nous sommes désolés de venir à l'improviste, déplora Masayuki en s'inclinant, avant de s'installer.

— Normalement, nous sommes uniquement ouverts le midi. Le soir, nous nous consacrons à la préparation des plats.

Plusieurs grands bols et bacs en métal reposaient sur le comptoir. À l'évidence, des plats fraîchement cuisinés, qui pour certains dégageaient encore de la vapeur. Les apercevant du coin de l'œil, Yoshie se sentit encore plus gênée.

— Pardon de vous déranger en plein travail.

— D'où venez-vous ?

Nagare versa l'eau de la bouilloire dans une petite théière de style Banko en argile violette.

— De l'arrondissement de Fushimi. Nous avons vu votre publicité dans *Ryori shunju*…

— Vous avez réussi à nous retrouver grâce à cette publicité d'une ligne !

Il servit le couple dans des tasses en céramique de Kiyomizu.

— Nous avons téléphoné au service éditorial. Au début, il nous a été dit que nous n'obtiendrions aucune information, mais à force d'insister, nous avons pu discuter avec l'éditrice, expliqua Yoshie, l'air satisfait.

— Cette Akane… maugréa Nagare, un sourire amer sillonnant son visage avant de se tourner vers eux. C'est que nous sommes liés par le destin.

— C'est gentil à vous de dire cela, se réjouit Masayuki.

— Me revoilà ! s'écria Koishi en ouvrant brutalement la porte d'entrée, un sac de courses à la main.

— Du calme ! Tu vas faire sursauter nos clients ! la réprimanda Nagare.

— Désolée…

Elle rentra les épaules.

— Je vous présente ma fille Koishi. C'est elle qui gère le bureau d'enquête.

Le couple se leva prestement.

— Pardon de ne pas nous être présentés plus tôt. Je m'appelle Masayuki Sakamoto, et voici ma femme Yoshie. Nous aimerions votre aide pour retrouver une recette.

Avec respect, ils inclinèrent la tête.

— Est-ce que vous avez faim ? J'imagine que vous n'avez pas encore dîné ? demanda Koishi.

Ils se raclèrent la gorge, embarrassés.

— C'est très aimable à vous alors que nous sommes venus sans prévenir, reconnut Yoshie en guettant la réaction de son mari.

— Je viens de préparer de grandes quantités pour demain. Je vais vous en servir. Laissez-moi quelques minutes, répondit Nagare avant de se rendre en cuisine.

— C'est généreux de votre part, dit Masayuki dans son dos.

— Ne vous en faites pas. Mon père adore quand les clients goûtent à ses plats, les rassura Koishi en leur servant du thé.

— Pour tout vous dire, nous l'espérions. D'après l'éditrice, sa cuisine est remarquable, précisa Yoshie.

— Donc vous êtes là grâce à *Ryori shunju* ? D'où venez-vous ? interrogea Koishi.

— De Fushimi.

— Si vous avez lu cette revue, c'est que vous travaillez aussi dans l'alimentaire ?

— Nous possédons une pâtisserie de *wagashi*, déclara Masayuki.

— J'adore les gâteaux ! Lesquels fabriquez-vous ?

Koishi s'assit face à eux.

— Pas ceux que l'on déguste lors de la cérémonie du thé, mais des mochi et des *manju* destinés à tout le monde, s'enorgueillit Yoshie.

— J'aime beaucoup ça ! Vous devez concocter des *ohagi* et des *sakura mochi*, non ? demanda Koishi, les yeux brillants de gourmandise.

Ils discutèrent de pâtisseries japonaises pendant un petit moment, jusqu'à ce que Nagare dépose deux plateaux noir de jais à la table du couple.

— Pardon pour l'attente.

— Merci à vous.

Masayuki se rassit bien droit sur sa chaise.

— Notre restaurant étant ce qu'il est, ce n'est pas grand-chose, dit Nagare en leur servant à chacun une boîte à bento à deux étages en laque Shunkei.

Yoshie en retira le couvercle.

— C'est digne des plats du Nouvel An ! Ça me donne l'impression de le fêter en avance ! dit-elle d'un ton exalté.

— Oh, ce n'est pas aussi somptueux que les *osechi* de fin d'année, mais j'ai constitué ces boîtes avec soin. Dans l'étage du haut : pickles de thon au wasabi, sashimis de peau de tofu, sashimis extra-fins de daurade parsemés de sésame congelé. Omelette roulée au bouillon *dashi*, *kosode-zushi* de poisson *guji*, champignons aux feuilles de *mizuna*, navet au vinaigre en forme de chrysanthème. Comme brochettes : boulettes de caille et crevettes bouillies, concombre au sel.

Yoshie et Masayuki, qui acquiesçaient à chaque explication, en avaient l'eau à la bouche.

— Que souhaitez-vous boire ? Je vous ouvre une bouteille ? proposa Koishi.

— J'aurais accepté avec plaisir, mais nous devons discuter de choses importantes, alors non merci, répondit Masayuki.

— Si vous ne buvez pas d'alcool, vous pouvez manger les deux étages du bento en même temps, ajouta Nagare.

Aussitôt, Yoshie souleva la partie haute.

— Tout est si appétissant !

— Comme grillade, stromatée au miso. Les plats mijotés dans les petits bols sont de la grande bardane de Horikawa au poulpe d'Akashi en sauce *sakurani*, du navet de la variété Shogoin, des shiitake *donko*. Poissons *moroko* cuits dans de la sauce soja et du sucre puis enveloppés dans des feuilles de *shiso*. Comme beignets : *tatsuta-age* de maquereau pêché en hiver à la sauce soja et taro frit. Côtelettes de canard enrobées de ciboule, porc noir de la race Kagoshima Berkshire enroulé dans du poireau. Vous pouvez les déguster au wasabi ou à la moutarde. Parsemez le riz à la chair et aux œufs de crabe de persil *mitsuba*, ce n'en sera que meilleur. Je vous apporte tout de suite la soupe miso rouge aux huîtres et au tofu. Bon appétit !

Nagare trotta jusqu'à la cuisine.

— Tenez, si vous désirez plus de thé, dit Koishi en posant la théière en céramique Mashiko près de Yoshie avant de se retirer.

— On commence ?

Tous deux joignirent leurs mains l'une contre l'autre en signe de remerciement.

Ils alignèrent les deux étages de leur boîte devant eux, et saisissant leurs baguettes, ils en examinèrent le contenu. Masayuki fut le premier à attaquer son bento.

— La chair rouge du thon est excellente.

— C'est meilleur que sa chair grasse ! répondit Yoshie en lançant un regard à son mari.

— Je n'aurais pas cru que le sésame se marie aussi bien avec des sashimis de daurade.

— C'est la première fois que je goûte à des beignets de maquereau frits à la façon *tatsuta-age*.

— Les sushis de *guji* sont délicieux aussi.

— La grande bardane est farcie au poulpe !

Ils découvraient leur repas, tout en se montrant les aliments pincés entre leurs baguettes, lorsque Nagare réapparut avec deux bols sur un plateau.

— Voici la soupe miso rouge.

— C'est succulent ! s'exclama Yoshie en se courbant pour lui témoigner sa gratitude.

— J'en suis heureux. Prenez tout votre temps.

Il posa un bol sur chaque plateau.

— Votre cuisine est si élaborée, quel délice ! complimenta Masayuki en souriant.

— Ce n'est rien par rapport aux *wagashi*. Je n'ai qu'à dénicher de bons produits et à les assaisonner à ma guise. C'est facile.

— Pas du tout ! Nous nous contentons de fabriquer de la pâte de haricots *azuki* et des mochis. Nous sommes incapables de manipuler autant d'ingrédients avec la même créativité que vous.

C'était à qui montrerait le plus d'humilité.

— Il vous reste du riz au crabe ? tenta timidement Masayuki.

— Oui, plein.

— Ce n'est pas très poli de poser une telle question !

Yoshie regarda son mari de travers.

— Madame, ne vous en faites pas. Un cuisinier est aux anges quand ses clients mangent avec bon appétit. En voulez-vous aussi ? proposa Nagare en scrutant son plateau.

— Non merci, j'en ai eu assez, répliqua-t-elle en recouvrant sa boîte à bento de sa main.

Une fois Nagare reparti, Masayuki prit un peu de soupe miso, puis s'adressa à sa femme :

— Je me demande depuis combien d'années nous n'avons pas profité tranquillement d'un tel repas ensemble.

— C'est si lointain que je n'en ai aucun souvenir, avoua-t-elle, le regard dans le vide.

— Cherche. Moi, je crois que je sais.

Masayuki serra les lèvres.

— Tant mieux, lâcha Yoshie, l'air heureux.

Ils terminèrent leur dîner sans laisser un grain de riz, puis tout en savourant leur thé, ils épièrent l'agitation en cuisine.

Nagare réapparut dès qu'il eut achevé la tâche qui l'occupait.

— Excusez-moi pour l'attente. Je me suis mal organisé.

— C'est notre faute, nous sommes venus à l'improviste, répondit Yoshie, contrite.

— Mais non ! Je suis content que vous ayez tout fini. Je vais vous conduire vers le bureau, dit-il en ouvrant la porte qui jouxtait le comptoir.

Le couple suivit lentement Nagare dans le long et étroit couloir qui rejoignait le bureau.

— Alors voilà ce qu'on surnomme un « lit d'anguille » ! s'extasia Masayuki en contemplant le couloir derrière lui. J'ai rarement vu un espace intérieur aussi compact, car il n'y en a pas dans notre quartier.

— Le bâtiment a cette forme par pur hasard. Rien à voir avec les magnifiques maisons traditionnelles de Kyoto !

Nagare lui sourit.

— Tous ces plats sur les murs, ce sont les vôtres ? demanda Yoshie en observant les photographies avec intérêt.

— Absolument. Cela me sert de notes, car je n'écris pas mes recettes.

— Nous aussi, lorsque nous concevons une nouvelle pâtisserie, nous la photographions.

Masayuki s'immobilisa et étudia attentivement les plats.

— Je procède ainsi parce que j'ai toujours été désordonné ! dit Nagare dans un éclat de rire.

À cet instant, la porte au bout du couloir s'entrouvrit.

— Veuillez entrer, lança Koishi en les invitant d'un signe de la main.

— Je vous laisse avec ma fille, c'est elle qui va s'entretenir avec vous, précisa Nagare avant de regagner le restaurant.

— D'accord.

Masayuki entra dans la pièce, sa femme dans son sillage.

— Installez-vous, fit Koishi en leur indiquant le canapé.

Ils s'assirent côte à côte pendant que Koishi prenait place face à eux. Elle déposa un porte-formulaire accompagné d'un stylo sur la table basse.

— C'est un peu rébarbatif, mais pouvez-vous me remplir ceci ?

— Je te laisse faire. J'écris trop mal, renonça Masayuki en le tendant à sa femme.

Celle-ci compléta rapidement le document posé sur ses genoux puis le plaça sur la table.

— Masayuki et Yoshie Sakamoto, lut Koishi en suivant du doigt les caractères soigneusement tracés. Vous tenez une pâtisserie de *wagashi* du nom de Kokan-do. Ce doit être un commerce prestigieux, non ?

— Pas vraiment, car il a été fondé en 1928. À Kyoto, un commerce est prestigieux quand il franchit le cap des cent ans.

Koishi apprécia la modestie de Masayuki.

— Mais s'il date de 1928… commença-t-elle en comptant sur ses doigts. Il aura cent ans dans quinze ans ! Vous avez un successeur ?

— C'est justement à ce propos que…

Masayuki et Yoshie s'adressèrent un regard.

— Vous allez m'expliquer ça. Quelle recette souhaitez-vous retrouver ?

— Un gâteau de Noël, répondit Yoshie.

— En effet, ça approche. Un gâteau, vous dites… répéta Koishi, l'air perplexe.

— Est-ce un problème ? demanda Masayuki.

— Non, c'est seulement que mon père n'est pas doué en pâtisserie.

Elle esquissa dans son cahier le croquis d'un gâteau de Noël.

— Nous aimerions votre aide quand même, s'il vous plaît, implora Yoshie.

— Pouvez-vous m'en dire plus ? demanda Koishi en se redressant.

— Il y a six ans, à cette période de l'année, notre fils unique Kakeru est décédé dans un accident de la route, déclara Masayuki.

Le silence régna un instant dans le bureau.

— Je suis désolée… Quel âge avait-il ?

— Il venait d'avoir dix ans, répondit Yoshie d'un ton grave.

— Je ne sais pas quoi dire… Cela a dû être un choc…

Koishi cherchait ses mots tout en épiant leur réaction.

— C'était tellement soudain, nous étions anéantis, ajouta Masayuki.

Yoshie acquiesça de la tête.

— Notre boutique se trouve près du sanctuaire Gokonomiya, à Fushimi. Notre maison est un peu plus loin, on ne la voit pas du magasin. Quand mon épouse et moi-même travaillions, Kakeru restait à la maison. Du temps où ma mère était en bonne santé, elle s'occupait de lui, mais après son alitement, c'est Kakeru qui gardait la clé de la maison, poursuivit Masayuki d'une voix chancelante, les yeux baissés.

— C'était un enfant si prudent que nous ne nous inquiétions pas, mais il a été renversé par une voiture en rentrant de l'école avec ses camarades, continua Yoshie.

— Je vois…

— À l'époque, comme ce genre d'accident était fréquent, de nombreux parents déposaient leurs enfants et allaient les rechercher. Parfois, je me dis que ce ne serait jamais arrivé si nous en avions fait autant…

Masayuki se mordit la lèvre.

— Il est inutile de nous en vouloir puisqu'il a été renversé par un chauffard, objecta Yoshie, comme pour s'en persuader. Nous aurions aussi pu être les victimes et nous aurions laissé Kakeru orphelin.

Masayuki changea de conversation en jetant un coup d'œil à sa femme.

— À la maison, nous ne mangions que des pâtisseries japonaises et presque jamais occidentales. Kakeru se rendait parfois dans la pâtisserie occidentale de notre voisinage pour s'acheter un gâteau avec son argent de poche. Il n'y avait aucun interdit chez nous, mais il n'a pas dû oser nous en parler. Ce magasin n'existe plus aujourd'hui.

— Lors de sa veillée funèbre, une employée est venue déposer un gâteau de Noël en offrande, et c'est là que nous avons appris que notre fils s'arrêtait de temps en temps dans cette pâtisserie.

Yoshie essuya le coin de ses yeux avec son mouchoir.

— Vous souvenez-vous de son nom ? demanda Koishi, stylo en main.

— « San Nui ».

— On dirait du français, commenta Koishi.

Pensive, elle l'inscrivit dans son cahier.

— Pour les commémorations du septième jour de la période de deuil, nous avons voulu remercier les employés, mais nous avons découvert que la petite boutique située au rez-de-chaussée d'un immeuble était tenue par une vieille dame, compléta Yoshie.

— Où était-elle située ?

Koishi déplia un plan sur la table basse.

— La gare de Sumizome est ici, là c'est le bureau de poste, donc je crois que c'était dans ce secteur.

Yoshie désigna du doigt un temple aux abords de la rivière.

— Comment s'appelait la gérante ?

— Nous avons oublié de lui demander son nom. À la fin des quarante-neuf jours de deuil, je suis allée lui remettre une lettre de remerciement, mais la pâtisserie avait fermé.

— Nous avons été si secoués que nous avons manqué à nos obligations, regretta Masayuki.

— Revenons au gâteau. Quel goût avait-il ?

— C'est-à-dire que…

Ils se regardèrent à nouveau.

— Je n'en ai mangé qu'une bouchée, reconnut Yoshie.

— Moi de même… murmura son mari.

— C'est dommage.

— Nous avions le sentiment qu'il ne fallait pas toucher aux offrandes pour Kakeru. Ou plutôt, nous n'avions pas le cœur à manger du gâteau.

Masayuki gardait les yeux rivés sur un point de la carte.

— Je comprends tout à fait, dit Koishi, découragée de ne pas obtenir plus d'informations.

— Visuellement, il ressemblait à un gâteau de Noël classique. C'était un *sponge cake* recouvert de crème fouettée et de fraises. J'ai le souvenir que la pâte était un peu dure, se rappela Yoshie, le regard dans le vague.

— Il y avait aussi une décoration en chocolat portant les mots « Merry Christmas ». Kakeru aimait beaucoup le chocolat…

Une larme roula sur la joue de Masayuki.

— Vos souvenirs ne concernent que l'apparence du gâteau ? Pas le goût ? insista Koishi en les observant l'un après l'autre.

— Pas vraiment… répondit Masayuki.

— Ce n'était qu'une bouchée, alors je ne peux rien affirmer, mais la crème m'est apparue très fruitée et mousseuse, témoigna Yoshie avec un sourire.

— Il répandait un agréable parfum durant tout le temps où il est resté en offrande à la maison.

Koishi cessa de prendre des notes et se perdit dans ses pensées. L'air soucieux, Yoshie et Masayuki la dévisagèrent.

— Je vais peut-être vous paraître impolie, mais…

Le couple se pencha en avant pour lui prêter une oreille attentive.

— Puisque vous ne vous souvenez pas du goût, vous ne saurez jamais si la recette que nous retrouvons est la bonne. Votre démarche n'a pas vraiment de sens. Six années se sont écoulées. Pourquoi vouloir retrouver la recette de ce gâteau aujourd'hui ? demanda Koishi d'un ton hésitant.

Il y eut quelques secondes de silence, puis Yoshie murmura en fixant la table :

— Pour avancer.

— Nous souhaitons manger ce gâteau et mettre cela derrière nous, poursuivit Masayuki.

— Vous voulez dire oublier votre fils décédé ?

— Bien sûr que non, c'est impensable. Nous ne l'oublierons jamais, quoi qu'il arrive, dit-il les yeux mouillés de larmes.

— Nous ne devons pas vivre indéfiniment dans le passé.

— Car nous ne sommes pas éternels.

Masayuki s'était exprimé avec fermeté, comme s'il essayait de se convaincre, à tel point que ni sa femme ni Koishi n'ouvrirent la bouche. Après quelques instants, il brisa le silence.

— Je suis la quatrième génération à la tête de Kokan-do, dit-il, attisant la curiosité de Koishi. Notre magasin fermera probablement ses portes quand nous ne pourrons plus nous en occuper. Il y a deux ou trois ans, cela ne me dérangeait pas. Je me disais que mes ancêtres comprendraient que la boutique cesse avec ma génération.

Il leva les yeux au plafond.

— Mais nous avons un fidèle client, un étudiant qui adore nos gâteaux et vient souvent, continua Yoshie. Pourtant, c'est un garçon. Il sera diplômé de l'université Kyonan au printemps prochain...

Elle adressa un regard à son mari pour qu'il poursuive le récit.

— Katsuya aime tellement les *wagashi* qu'il vient une fois par semaine. Il y a quinze jours, juste avant de partir, il nous a annoncé son envie d'apprendre le métier avec nous, dit Masayuki avec un sourire timide.

— Il doit vraiment apprécier vos gâteaux ! s'exclama Koishi.

— Alors qu'il pourrait facilement trouver du travail dans une grande entreprise avec un diplôme d'une université aussi prestigieuse.

— Mais nous ignorons jusqu'à quand nous tiendrons le magasin à deux… confia Yoshie.

— Comment s'appelle ce jeune homme ?

— Katsuya Aso. Il a vingt-deux ans.

Koishi les regarda droit dans les yeux.

— Donc un jour, vous comptez faire de lui la cinquième génération à gérer votre pâtisserie ?

— Ce n'est pas pour tout de suite, mais nous devons y réfléchir pour savoir si nous l'embauchons ou non. Sincèrement, je ne sais pas trop. J'ai l'impression d'abandonner Kakeru, soupira Masayuki.

— Selon moi, ce n'est pas le genre de décision qui se prend en un clin d'œil, jugea Yoshie en se rasseyant droit dans le canapé.

— Manger ce gâteau de Noël vous aidera-t-il à y voir plus clair ? En supposant que nous réussissions à retrouver la recette, demanda Koishi avec franchise.

Ils secouèrent la tête.

— Nous l'ignorons.

Koishi ne sut que répondre.

— Peut-être ne nous comprenez-vous pas, mais après deux semaines de réflexion, notre seule piste, c'est ce gâteau. Aidez-nous, s'il vous plaît.

Voyant son mari courber profondément la tête, Yoshie se hâta de l'imiter.

— Entendu. Je transmettrai sans faute vos désirs à mon père, dit Koishi en refermant son cahier.

— Merci par avance.

Ils s'inclinèrent une nouvelle fois.

Dès leur retour, Nagare, qui paraissait les attendre, leur sourit.

— Est-ce que ma fille vous a bien écoutés ?

— Nous nous sommes confiés totalement, répondit Yoshie, visiblement contente.

— J'en suis ravi.

— Cette fois, ce sera plus difficile que d'habitude, dit Koishi.

Le visage de Nagare, qui avait un instant affiché du soulagement, se crispa aussitôt.

— Pardon de vous demander une recette aussi complexe, s'excusa Masayuki.

— J'ignore ce dont il s'agit, mais je ferai tout mon possible.

— Merci beaucoup, dit Yoshie.

— Koishi, leur as-tu donné un second rendez-vous ?

— J'ai oublié ! s'écria-t-elle avant de se tourner vers eux. Êtes-vous disponibles dans deux semaines, jour pour jour ?

— Nous serons le 24 décembre, n'est-ce pas ? vérifia Nagare en consultant le calendrier mural. Ça ne vous dérange pas de venir à cette date ?

— Nous, non…

Le couple se concerta du regard.

— Mais, et une jeune femme telle que vous ? demanda Yoshie. Vous avez certainement prévu de sortir avec un jeune homme, comme le veut la tradition ?

— Ne vous inquiétez pas pour elle ! Chaque année, nous mangeons un pot-au-feu *nabe* tous les deux !

— Papa, tu exagères ! protesta Koishi avant de répondre aimablement. Ne vous faites pas de souci pour moi. Je n'ai rien prévu.

— Combien coûte le repas d'aujourd'hui ? questionna Yoshie en sortant son portefeuille de son sac.

— Vous réglerez la prochaine fois, avec les frais d'enquête, précisa Nagare.

— Très bien.

Elle les salua.

— Au revoir, lança Masayuki.

— Rentrez bien.

Le couple quitta le restaurant. Nagare et Koishi, côte à côte, les regardèrent s'éloigner.

— Il fait froid, tout à coup.

Nagare porta son regard sur le ciel d'hiver et souffla sur ses mains.

— Je me demande si ce n'est pas l'enquête la plus épineuse sur laquelle on ait jamais travaillé, dit Koishi en suivant son père à l'intérieur.

— De quoi s'agit-il ?

— D'un gâteau de Noël, répondit-elle en ouvrant son cahier de notes.

— Un… un gâteau de Noël ?! paniqua Nagare.

— Je m'en doutais, il vaudrait mieux décliner…

Koishi referma aussitôt son cahier.

— Mais qu'est-ce que tu racontes ! Quelle que soit la recette, je la retrouverai. Voyons voir, déclara-t-il en feuilletant le cahier, assis sur une chaise du restaurant. « San Nui ». Il va falloir commencer par apprendre le français.

— J'ai l'impression qu'il vaudrait mieux ne pas la retrouver...

— Pourquoi ?

Nagare ne détachait pas les yeux du cahier pendant que Koishi lui résumait la situation.

Puis il leva la tête et coupa la parole à sa fille.

— Tu sais, Koishi, notre travail consiste à retrouver les recettes que nous demandent les clients. Ce qui se passe après ne nous regarde pas. Il faut s'en remettre aux dieux.

Elle acquiesça en dodelinant doucement de la tête.

Chapitre 2

Masayuki et Yoshie perçurent des chants de Noël tout au long du trajet depuis leur domicile jusqu'à la gare de Kyoto. Malgré eux, ils battaient la mesure et cela les fit sourire, non sans une pointe d'embarras.

— Tu te souviens quand Kakeru a découvert que tu étais le Père Noël ?

Yoshie traversa la rue Shichijo et s'orienta vers le nord.

— J'étais bien embêté ! N'importe quel parent serait décontenancé qu'un enfant de cinq ans lui dise : « Alors Papa, le Père Noël, c'était toi ? » s'amusa Masayuki, l'air insouciant.

— Te surveiller pour te surprendre en train de poser un cadeau à côté de son oreiller, c'est du Kakeru tout craché !

Yoshie leva les yeux vers le premier étage du restaurant Kamogawa.

Par une fenêtre, elle entrevit la silhouette d'un sapin de Noël. Des décorations multicolores clignotaient derrière des rideaux en dentelle.

— Qu'est-ce qu'il était malin…

Masayuki jeta un regard à travers la vitre, puis il contempla le ciel couvert d'épais nuages.

Un chat tigré se pressa à leurs pieds sans qu'ils s'en aperçoivent et poussa un miaulement.

— Je me demande à qui il appartient, dit Yoshie en s'accroupissant pour lui caresser la tête.

À cet instant, Koishi sortit du restaurant.

— C'est le nôtre. Comme il dort tout le temps, nous l'avons appelé Roupillon.

— Il n'était pas là lors de notre dernière visite, non ? nota Masayuki.

— Mon père affirme qu'un chat n'a pas sa place dans un restaurant. Une voisine s'occupe de lui.

Koishi l'attrapa dans ses bras.

— Dans ma famille, c'était la même chose, fit Masayuki. Notre maison était séparée du magasin, donc je ne voyais pas pourquoi je ne pouvais pas avoir de chien, mais mon père rétorquait : « Qu'est-ce qu'on fera si un poil de chien finit dans un gâteau ? » Alors je me suis fait une raison.

Ça m'est resté, même quand Kakeru a ramené un chiot... dit-il, submergé par l'émotion.

Koishi reposa Roupillon au sol, puis ouvrit la porte coulissante.

— Il fait froid, entrez !

— À tout à l'heure, Roupillon !

Avec regret, Yoshie adressa au chat un petit signe de la main, puis elle suivit son mari qui passait le seuil.

— Quelle forte odeur de sucre ! On se croirait dans une pâtisserie, plaisanta Masayuki.

— Un client nous a demandé si nous avions l'intention de nous reconvertir ! renchérit Koishi en riant.

— Il faut dire que je n'ai pas arrêté de faire des gâteaux du matin au soir ! expliqua Nagare en sortant de la cuisine. Merci d'être venus.

— Je suis vraiment désolée.

Yoshie plia son manteau en s'excusant d'un signe de la tête.

— Ne le soyez pas ! C'est une étape importante de mes recherches. Prenez place.

Sous l'invitation de Nagare, ils s'assirent tous les deux.

— Il faut se mettre dans l'ambiance de Noël. Et ça, c'est mon travail !

Koishi recouvrit leur table d'une nappe à carreaux rouges et blancs.

— Et le sapin ? rappela Nagare.

— J'ai oublié ! Je vais le chercher !

Koishi s'enfuit précipitamment dans la cuisine. Ils entendirent des bruits de pas pressés dans un escalier. Yoshie pensa au sapin qu'elle avait entraperçu par la fenêtre.

— J'ai retrouvé la recette du gâteau, mais le reproduire n'a pas été simple, car je n'en avais jamais réalisé. Enfin, ce matin, j'ai réussi. Je vous l'apporte tout de suite.

Nagare franchit le *noren* de la cuisine.

Il y eut de nouveau un bruit de pas dévalant l'escalier dans le restaurant silencieux.

— Pardon pour tout ce bazar !

Koishi revint un sapin dans les bras et chercha un endroit où le poser.

— Merci à vous pour toutes ces attentions.

Masayuki était si confus qu'il se leva pour la remercier.

— Monsieur, puisque vous êtes debout, je le mets à côté de vous !

Elle se glissa derrière lui et déposa le sapin près du mur.

— Nous en avons aussi installé un chez nous. Cela faisait une éternité que nous n'en avions pas décoré un. C'est agréable, dit Yoshie avec le sourire.

— Que voulez-vous comme boisson ? Nous avons du café, du thé anglais et du thé japonais, demanda Koishi en ajustant la nappe.

— Je prendrais bien un thé japonais. Je ne bois pas de café ni de thé anglais.

Masayuki opina de la tête aux paroles de sa femme.

— J'ai en tête l'image des gérants de pâtisseries japonaises qui boivent tous du thé japonais. C'est la vérité ? questionna Koishi.

— C'est la boisson des commerçants depuis longtemps, non ? Excepté peut-être dans les pâtisseries occidentales modernes, répondit Masayuki.

— Koishi, peux-tu sortir les assiettes à dessert ?

Nagare surgit, tenant entre les mains un plateau en argent sur lequel reposait le gâteau de Noël.

— Pour ce gâteau, il nous faut des assiettes à l'occidentale, ajouta sa fille.

— Prends la porcelaine Ginori et apporte aussi les fourchettes à dessert.

Nagare posa le gâteau devant le couple.

— Ce serait le même qu'il y a six ans…

Masayuki scruta le plat de si près que son nez aurait presque pu le toucher.

— Voici le gâteau que Satoko Oshima a déposé en offrande à Kakeru, annonça Nagare, le regard fixé sur sa réalisation.

— Cette odeur... remarqua Yoshie. Je m'en souviens.

— Je me suis dit que du *hojicha* conviendrait, mais peut-être auriez-vous préféré du thé vert ? proposa Koishi en apportant la théière en céramique Mashiko.

— Non, c'est parfait, répliqua Masayuki avec un petit sourire.

— Je vous remets un couteau, vous découperez le gâteau de la manière qui vous plaira.

Nagare s'inclina, le plateau sous le bras.

— La théière est pleine, mais si vous en voulez davantage, appelez-moi.

Koishi remplit deux tasses en céramique de Karatsu avant de se retirer.

Comme figés, Yoshie et Masayuki faisaient face au gâteau sans bouger.

L'entremets d'environ vingt centimètres de diamètre était nappé de crème fouettée et agrémenté de fraises. Un Père Noël en massepain et des étoiles en chocolat en décoraient les interstices.

— C'est le même gâteau...

— Oui...

Tous deux se contentaient de l'observer.

Quelques minutes plus tard, Masayuki empoigna le couteau d'un air décidé.

La lame effleura le centre du gâteau mais, les doigts serrés autour du manche, Masayuki resta un instant immobile.

— Fais-le toi, s'il te plaît.

Les joues légèrement transpirantes, il confia le couteau à son épouse.

— J'aurais aimé… J'aurais aimé que Kakeru le voie…

Des larmes perlèrent au coin des yeux de Yoshie.

— Rapportons-le à la maison. Nous le déposerons en offrande sur l'autel bouddhique et ensuite, nous y goûterons. Nous ne pouvons pas avaler un gâteau aussi appétissant avant notre fils, déclara Masayuki, les yeux inondés de larmes.

Yoshie s'apprêtait à répondre à son mari, lorsque Nagare apparut soudain sur le seuil de la cuisine.

— Ah, j'ai oublié de vous dire ! Ne vous inquiétez pas, j'ai fait un second gâteau à déposer en offrande, alors dégustez celui-ci tranquillement !

Puis il disparut derrière le rideau.

— On dirait qu'il a tout prévu ! s'exclama Masayuki en essuyant ses paupières.

— Dans ce cas, goûtons ce gâteau.

Yoshie y inséra la lame.

Celle-ci s'enfonça aisément dans la crème et dans le *sponge cake*, mais elle rencontra ensuite une résistance.

— La pâte est dure, constata Yoshie avant de préparer les assiettes.

Masayuki, une fourchette à la main, s'empara de l'assiette que lui tendait sa femme, puis il huma le gâteau.

— Il sent si bon.

Yoshie fut la première à le goûter.

— Il est délicieux !

— Tu as raison, c'est un régal !

Masayuki afficha un sourire jusqu'aux oreilles en savourant sa part.

— C'était ce goût-là, hein ?

— Oui.

Tandis qu'ils examinaient l'intérieur du gâteau, Nagare réapparut avec une théière en céramique de Kyoto.

— Alors ? Est-ce le goût d'autrefois ?

— Honnêtement, je ne m'en souviens plus et je ne pourrais pas l'affirmer. Mais visuellement, c'est identique.

Masayuki hocha la tête à plusieurs reprises.

— De mon côté, la mémoire m'est revenue. L'odeur, la saveur, et surtout, cette texture, sont en tous points... s'arrêta Yoshie, les yeux fermés.

— J'en suis heureux.

Nagare leur versa du thé vert dans de nouvelles tasses.

— Comment avez-vous retrouvé la recette ?

Masayuki essuya ses lèvres à l'aide de son mouchoir.

— Au début, j'ai été un peu naïf. J'ai cru que je retrouverais facilement la pâtisserie, puisqu'elle était située à Kyoto. Mais en vérité, cela n'a pas été de tout repos.

Nagare sourit, la théière à la main.

— Je n'en doute pas. Nous avons interrogé le voisinage, mais personne ne savait ce qu'il était advenu de ce commerce.

D'un geste, Masayuki invita Nagare à s'asseoir à leur table.

— Il n'était enregistré auprès d'aucun syndicat, aussi cette piste n'a rien donné. J'étais à court d'idées, quand mon attention s'est portée sur le nom du magasin.

Nagare s'attabla et posa son cahier.

À ce moment, Koishi sortit de la cuisine et vint se poster derrière lui.

— Comme mon père ne parle pas un mot de français, j'ai mené l'enquête !

— Merci à vous.

Yoshie adressa à Koishi un léger signe de tête.

— « San nui » signifie « cent nuits », commença Nagare. À ce nom étrange, je me suis rendu compte que la pâtisserie se trouvait à Fukakusa, un quartier de Fushimi. J'ai supposé qu'il tirait son origine de Fukakusa no Shosho, l'un des personnages du poème *Momoyo gayoi*, « La visite des cent nuits ».

Nagare leur présenta une photographie de deux mémoriaux l'un à côté de l'autre.

— Il s'agit d'une légende sur la poétesse Ono no Komachi, reprise dans le nô *Kayoi Komachi*. Mais la fin du nô est différente de celle du poème.

Masayuki saisit le cliché et l'inspecta avec grand intérêt.

— Dans le nô *Kayoi Komachi*, Komachi et Shosho atteignent l'Éveil et sont sauvés. La scène se déroule au nord de Kyoto, ce qui n'a aucun lien avec le nom du magasin à Fukakusa.

— Mais ce n'est que votre propre hypothèse, n'est-ce pas ? demanda Yoshie d'un air dubitatif.

— En général, l'instinct de mon père ne le trompe jamais, fanfaronna Koishi.

— En effet, ce n'était qu'une supposition, reconnut Nagare avec un sourire teinté de gêne. L'intrigue du poème est tragique : Fukakusa no Shosho s'éprend d'Ono no Komachi, qui lui déclare l'épouser uniquement s'il lui rend visite cent nuits d'affilée. Shosho s'exécute, mais il meurt de froid dans la neige la quatre-vingt-dix-neuvième nuit. Le nom de la pâtisserie de Satoko Oshima viendrait de là.

— Comment avez-vous découvert celui de la gérante ? demanda Masayuki, intrigué.

— Grâce aux quatre-vingt-dix-neuf et cent nuits.

Il ouvrit sur la table un guide touristique de Kyoto.

— Mon enquête piétinait, lorsque j'ai feuilleté ce livre par hasard. Je suis tombé sur un magasin qui a piqué ma curiosité : une pâtisserie du nom de « Tsukumo Nui ».

Il désigna du doigt la liste des commerces jointe à la page présentant les jardins impériaux de Kyoto. Le couple fut stupéfait.

— *Tsukumo* signifie « quatre-vingt-dix-neuf », cette boutique s'appelle donc « Quatre-vingt-dix-neuf nuits », traduisit Koishi.

— Certain que les deux pâtisseries étaient liées, je suis allé poser la question. Et j'avais vu juste. La gérante est Kaori

Oshima, petite-fille de Satoko. Autrefois, elle apportait occasionnellement son aide au magasin de sa grand-mère.

Nagare posa sur la table une photographie dont Yoshie s'empara aussitôt.

— Oui, c'est elle ! Cette femme avait une élégante chevelure grise et son visage témoignait d'une certaine douceur.

— Kaori se souvenait très bien que Kakeru passait une à deux fois par semaine. Satoko l'appréciait énormément et lui parlait beaucoup.

Les yeux de Masayuki se remplirent de larmes.

— Il était jeune, mais il savait écouter.

— Il devait avoir plein de choses à dire, mais il nous écoutait en silence, même nos plaintes, se remémora Yoshie en reniflant sans retenue.

Pour détendre l'atmosphère, Nagare poursuivit ses explications :

— C'est un gâteau à l'américaine fortement influencé par le quartier de Fukakusa.

— Un gâteau à l'américaine ? reprit Masayuki.

— Peu après la fin de la guerre, l'armée américaine s'est établie à Fukakusa. Leur tour de commandement se trouvait au premier étage de l'ancien bâtiment principal de la bibliothèque, à l'emplacement de ce qui est aujourd'hui l'université Ryukoku. Satoko avait étudié à l'étranger et était douée en anglais, si bien qu'elle a été embauchée comme interprète. Un jour, elle a été invitée chez un officier et a appris là-bas la recette d'un gâteau fait maison. Elle a commencé par organiser des cours de pâtisserie à son domicile, puis il y a dix ans, elle a ouvert sa petite boutique trois jours par semaine. Kakeru a eu l'œil pour la repérer, car elle était située un peu à l'écart du chemin de l'école.

Nagare leur tendit une photographie de la boutique.

— La pâte est appelée « biscuit ». Elle est composée de farine de blé, de saindoux et de bicarbonate de soude pour la faire gonfler, expliqua Koishi.

— Pourquoi la crème sent-elle si bon ? demanda Yoshie en y plongeant le bout du doigt.

— Elle contient du jus de pêche. À l'origine, Fushimi était un quartier célèbre pour la production de ce fruit. D'ailleurs, le nom propre Fushimi Momoyama vient de là. Il signifie « la colline aux pêchers de Fushimi ».

— Je l'ignorais, avoua Yoshie.

— Il ne restait qu'une nuit à Fukakusa no Shosho pour arriver à cent… Lui qui avait pourtant réussi à tenir quatre-vingt-dix-neuf nuits… Ono no Komachi a dû éprouver des remords, s'émut Masayuki.

— Le vœu de Shosho ne s'est pas réalisé, mais sa détermination est restée dans les mémoires. C'est pour cette raison que la pâtisserie porte ce nom et qu'il s'est transmis de génération en génération.

Nagare observa Masayuki avec insistance.

Muet, celui-ci soutint son regard.

— Désirez-vous du thé bien chaud ? suggéra Koishi, sentant une tension entre les deux hommes.

— Nous aimerions rentrer vite pour préparer l'offrande, alors nous allons devoir vous quitter…

Yoshie se leva de sa chaise avec un coup d'œil éloquent à l'intention de son mari, qui acquiesça.

— C'est vrai, nous devons nous dépêcher.

À ces mots, Nagare se précipita en cuisine.

— J'aimerais régler la note ainsi que le repas de la dernière fois, annonça Masayuki en sortant son portefeuille.

— Pouvez-vous verser sur ce compte la somme que vous dictera votre cœur ?

demanda Koishi en lui remettant un papier.

— Très bien.

Il le plia et le rangea dans son portefeuille.

— Je doute que vous reproduisiez ce gâteau, mais au cas où, je vous joins la recette rédigée par Satoko pour sa petite-fille. Celle-ci m'a confié un second trésor : un dessin de Kakeru destiné à Satoko, qui en a pris grand soin en l'encadrant.

Nagare sortit un petit cadre d'un sac en papier et le tendit à Masayuki.

— C'est notre « Sakuragawa ». Regarde comme il est joliment dessiné.

Masayuki le montra à sa femme, le regard plein d'émotion.

— En effet. Quand il y avait des invendus, nous les ramenions toujours à la maison pour les lui offrir…

Les yeux de Yoshie s'emplirent de larmes.

— Il aurait raconté à Satoko qu'il ne pouvait pas lui apporter de vrais gâteaux, alors il lui a donné ce dessin à la place.

— C'est le produit le plus populaire de notre magasin, un *yakigashi* que nous avons nommé « Sakuragawa », en référence à la pièce de nô. Le sanctuaire Gokonomiya à Fushimi possède une superbe scène de nô, où cette pièce se joue depuis trois générations, ajouta Yoshie, en pleurs.

— Kakeru faisait une belle publicité pour votre pâtisserie, commenta Koishi, la gorge nouée par l'émotion.

— Ce dessin est d'une valeur inestimable, dit Masayuki en rangeant délicatement le cadre dans le sac.

— Merci pour tout.

Yoshie, debout à ses côtés, les salua avec sincérité.

— Le temps s'est refroidi. Il va sûrement neiger cette nuit, prédit Nagare en ouvrant la porte d'entrée, alors qu'un nuage de vapeur s'échappait de sa bouche.

— J'espère que nous aurons un Noël blanc !

Koishi attrapa Roupillon qui avait accouru vers eux.

— Porte-toi bien, Roupillon ! dit Yoshie en lui accordant une caresse sur la tête.

— Demain, je crois que je vais parler de Katsuya à Kakeru et à mes ancêtres, déclara Masayuki en se redressant.

— J'en suis heureux, répéta Nagare.

— Encore merci.

Après un salut de la tête, ils s'élancèrent vers l'ouest de la rue Shomen.

— Monsieur et madame Sakamoto ! les héla Nagare.

Le couple se retourna.

— Comme le disait Zeami : « *Ie, ie ni arazu. Tsugu wo mote ie tosu.* »

À ces paroles, Masayuki joignit les mains paume contre paume devant sa poitrine.

Koishi et Nagare les regardèrent s'éloigner, puis ils rentrèrent au chaud. Roupillon émit un miaulement qui, semblait-il, exprimait sa peine de voir ces clients partir.

— Que signifie la formule magique que tu viens de dire ? demanda Koishi en retirant la nappe.

— Ce n'en est pas une. C'est la dernière phrase du traité de Zeami sur le théâtre, *Fushi kaden*.

— Je m'y connais en français, mais pas du tout en nô. Qu'est-ce que ça veut dire ?

— Pour faire simple, que la famille n'est pas seulement une question de lien du sang. Qu'une lignée se poursuit parce qu'un art est perpétué.

Il débarrassa la table, puis rejoignit la cuisine en poussant le rideau *noren*.

— Je me demande si les Sakamoto ont des connaissances aussi pointues, songea Koishi à voix haute en nettoyant la table.

— Ils ont donné le nom d'un nô à un gâteau, alors je suis sûr que oui, répondit Nagare, derrière le comptoir.

— Quelle est l'intrigue de *Sakuragawa* ?

Une fois le rangement terminé, Koishi s'assit au comptoir.

— C'est une triste histoire de séparation entre une mère et son enfant.

Nagare alluma le feu sous la cocotte en terre cuite.

— Ça me donne déjà envie de pleurer. Quelle idée d'appeler un gâteau comme ça...

— Parce que la pièce finit bien : ils se retrouvent.

Nagare s'installa face à l'autel bouddhique, le gâteau de Noël à la main. Koishi s'empressa de s'agenouiller près de lui.

— Kikuko va sûrement aller chercher Kakeru.

— Maman, partage ce gâteau avec lui !

Koishi fit une prière pour sa mère.

— Nous n'avons jamais mangé de gâteau de Noël tous les trois... dit Nagare à sa femme.

— Seulement parce que tu n'étais pas là tellement tu étais débordé. Avec Maman, on passait toujours Noël toutes les deux... s'attrista Koishi.

— Kikuko dit qu'elle a assez vu ce gâteau, elle veut du saké !

— C'est juste toi qui veux boire un coup !

Leurs voix mêlées de larmes et de rires se répercutèrent sur l'autel bouddhique.

QUATRIÈME PARTIE

Le riz sauté

Chapitre 1

Un mannequin a l'habitude d'être la cible de tous les regards.

Hatsuko Shirasaki marchait dans la rue comme sur un podium, un manteau noir en cachemire sur le dos, ses cheveux châtains au vent, un sac à main de marque sur l'épaule. Elle passait inaperçue à Tokyo, mais ici, c'était autre chose, quand, dos au temple Higashi Hongan-ji, elle déambulait devant les nombreux commerces bouddhiques de la rue Shomen. Avec sa haute taille et son apparence masculine rappelant les stars de la troupe de théâtre Takarazuka, tous les passants se retournaient sur elle. Hatsuko finit par baisser un peu la tête, et parvint à sa destination presque sans s'en rendre compte.

Un chat tigré s'approcha en miaulant.

— Toi, tu es Roupillon !

Elle s'accroupit pour lui caresser doucement la tête.

— Hatsuko, c'est toi ?

Koishi sortit du restaurant et se rua vers elle.

— Ça fait si longtemps ! Mais aujourd'hui, c'est ton père que je suis venue voir, annonça Hatsuko en se relevant.

— Entre ! Désolée, c'est un peu le bazar.

Koishi ouvrit la porte coulissante, lorgnant furtivement la tenue de Hatsuko, puis elle l'invita à pénétrer dans la pièce.

— À plus tard, Roupillon ! lança Hatsuko avec un petit geste de la main.

— Je me demande depuis combien d'années on ne s'est pas vues, dit Koishi en lui tendant une chaise.

— Je viens souvent à Kyoto pour le travail, mais toi et moi…

Pensive, Hatsuko retira son manteau en promenant les yeux au plafond.

— Je crois que la dernière fois, c'était au mariage d'Akemi. Tu n'as pas du tout changé, tu as toujours autant de style ! dit Koishi en fixant son amie.

— Toi non plus ! Tu es comme à l'époque où tu étais la plus douée de l'université féminine de Nishiyama.

— Qu'est-ce que tu racontes ! Je ne suis qu'une vieille trentenaire qui bosse dans un boui-boui !

Koishi haussa les épaules.

Assis au comptoir, tournant le dos aux deux femmes, Hiroshi Fukumura se leva.

— Merci pour le repas. Le plat de nouilles *soba* aux légumes, au porc et aux fruits de mer était délicieux.

— Je t'en prie. Tu as assez mangé ? demanda Nagare en passant la tête par le *noren* de la cuisine.

— Vous avez épaissi la soupe, ça remplit bien l'estomac, alors la quantité était parfaite !

Avec un sourire radieux, Hiroshi posa une pièce de cinq cents yens sur le comptoir.

— Il fait froid, couvre-toi bien, dit Koishi.

— Toi aussi !

Il tapota deux fois l'épaule de la jeune femme et quitta le restaurant.

— C'est quelqu'un de bien ? interrogea Hatsuko en adressant à Koishi un regard plein de sous-entendus.

— Arrête ! C'est juste un client. Il tient le restaurant de sushis, se justifia-t-elle, le rouge aux joues.

— Tu as toujours adoré ça ! répliqua Hatsuko en examinant sa réaction.

— Cette voix, ce ne serait pas Hatsuko ?

Nagare jaillit de la cuisine tout en s'essuyant les mains sur son tablier.

— Ça fait une éternité que je ne vous ai pas vu, lui dit-elle avec un salut de la tête.

— On te voit partout dans les magazines et à la télévision, donc je n'ai pas l'impression que ça fait si longtemps que ça. Tu es toujours aussi jolie. Dire que tu as le même âge que Koishi…

Nagare les considéra rapidement l'une et l'autre.

— Ne nous compare pas ! s'irrita sa fille. Au fait, Hatsuko, tu as faim ?

— La publicité que j'ai vue mentionnait un « restaurant Kamogawa », alors je me suis dit que je pourrais peut-être goûter à un bon petit plat. En vérité, je n'ai rien avalé depuis ce matin… dit-elle à demi-mot.

— Hatsuko a une mission à confier au bureau d'enquête. J'écouterai son histoire après, prépare-lui quelque chose d'excellent ! ordonna Koishi à son père.

— Je vais mettre tout mon talent pour te concocter un repas digne de la femme magnifique que tu es ! Patiente juste un peu.

Nagare regagna la cuisine à la hâte.

— Bravo d'avoir réussi à nous trouver. À l'époque où tu venais beaucoup à la maison, on habitait rue Shichiku.

Koishi inséra des feuilles de thé dans la théière.

— Mais au mariage d'Akemi, tu m'avais annoncé que vous aviez déménagé près de la gare.

— Il s'est passé tellement de choses… On n'ébruite pas notre nouvelle adresse.

— Quand j'ai lu « Restaurant Kamogawa – Bureau d'enquête Kamogawa – Nous retrouvons vos plats » dans *Ryori shunju*, j'étais certaine que c'était ton père.

Hatsuko parcourut la pièce du regard.

— Ton instinct est toujours aussi bon, la félicita Koishi en versant de l'eau bouillante dans la théière en céramique de Kyoto.

— Et ta mère ?

— L'autel est dans le petit salon.

Koishi tourna la tête vers le fond du restaurant.

— Je peux aller prier pour elle ?

— Bien sûr.

Koishi conduisit Hatsuko jusqu'à l'autel bouddhique, où celle-ci s'agenouilla.

— Ma mère te considérait comme sa propre fille. Moi, j'étais la cadette et toi, l'aînée. Alors qu'on est nées la même année ! dit Koishi en s'asseyant auprès d'elle, les yeux embués de larmes.

— Kikuko me conseillait toujours de prendre garde à ne pas me faire piéger par des hommes malhonnêtes.

Hatsuko alluma un bâtonnet d'encens, le planta dans le porte-encens, puis se redressa.

— Elle répétait que j'étais du genre à duper les autres, et toi, à en être la victime, s'agaça Koishi. Pourtant, je ne suis pas si méchante que ça !

— Kikuko s'inquiétait pour moi parce que je viens de la campagne.

— Comment tu peux dire ça ? Si on nous mettait côte à côte et qu'on demandait laquelle de nous deux vient de la campagne, tout le monde affirmerait que c'est moi !

Elles s'esclaffèrent.

— Ces rires me rappellent le temps de l'université ! dit Nagare en interrompant la conversation entre les deux jeunes femmes. Désolé pour l'attente. Voici un repas concocté rien que pour toi. J'ai opté pour une boîte à bento Shokado.

Hatsuko se dépêcha de s'asseoir à la table où Nagare avait posé la boîte en laque noire.

— J'étais persuadée que manger était votre talent, mais maintenant, vous faites aussi de la vraie cuisine !

— Tu veux bien ôter le couvercle ?

— J'ai hâte !

Elle le souleva à deux mains et s'écria d'un ton suraigu :

— C'est somptueux ! Qu'est-ce que c'est ? On se croirait dans un restaurant de luxe *kappo* ! Ça s'appelle une boîte à bento « Shokado » ?

Ses pupilles s'illuminèrent en examinant la nourriture.

— J'ai souvent lu dans tes interviews que tu aimais la grande cuisine, alors je crains que tu ne sois déçue.

Malgré ces mots, Nagare, bras croisés, observait avec aplomb le profil de la jeune femme.

— Papa, au lieu de l'admirer, explique-lui ce qu'il y a dedans ! gronda Koishi.

— Tu as raison.

Reprenant ses esprits, il posa les yeux sur le repas.

— À l'origine, ces boîtes étaient destinées à ranger des tubes de peinture. Elle est divisée en quatre sections. En haut à gauche, ce sont des hors-d'œuvre : maquereau au vinaigre pêché cet hiver dans la préfecture de Fukui, huîtres de Hinase cuites dans de la sauce soja et du sucre, poulet local enrobé de peau de tofu frite, crabe au vinaigre, potiron de Shishigatani mariné dans du bouillon *dashi*, beignet *tatsuta-age* de bœuf Omi à la sauce soja. Tous ces plats sont de la taille d'une bouchée. En haut à droite, c'est de la morue déshydratée au taro, d'une variété surnommée « *imobo* » à Kyoto. J'ai haché des zestes de yuzu de Mizuo, ce sera rafraîchissant et délicieux dégusté en même temps. En bas à droite : sashimis extra-fins de poisson *guji* de Fukui mariné dans de l'algue *konbu* et légèrement salé, et de sériole de Toyama enveloppés dans du navet de la variété Shogoin. Goûte-les avec les brins de *konbu* au sel. Le riz en bas à gauche a cuit dans du bouillon de tortue. C'est un peu fade, mange-le comme tu le ferais avec du riz blanc. Dans la petite coupe à saké, c'est du jus de gingembre pressé. Si tu aimes ça, verse-le sur le riz, le goût n'en sera que plus intense. La soupe est au *shiro miso* et contient du gluten de blé au millet. Bon appétit !

Sa tirade terminée, Nagare cala son plateau sous son bras. Koishi tapota doucement l'épaule de Hatsuko, puis père et fille se retirèrent.

Les mains plaquées sur ses genoux, Hatsuko scruta le bento. Au-dehors, Roupillon émit un petit miaulement.

Puis, elle finit par joindre les mains l'une contre l'autre et attrapa ses baguettes. Elle goûta tout d'abord à un sashimi de poisson mariné dans de l'algue. Elle y glissa du *konbu* salé, rajouta du wasabi et porta l'ensemble à sa bouche.

— C'est délicieux.

Elle posa un beignet *tatsuta-age* sur le riz au bouillon de tortue. Elle le savoura, incapable de retenir un sourire. Les huîtres cuites, le maquereau au vinaigre, la morue déshydratée au taro. Chaque plat possédait un goût agréable et profond qui se déployait sur son palais.

— Tu veux du thé ? demanda Koishi, la théière en céramique Banko à la main.

— Oui, s'il te plaît. J'ignorais que ton père était aussi doué. Je suis sidérée que ce soit aussi bon.

Elle lui tendit sa tasse en céramique de Karatsu. Une fois celle-ci remplie, Koishi sourit.

— Tu dois toujours te faire offrir des repas fabuleux, non ? Alors je suis contente que ça te plaise. On s'inquiétait avec mon père.

— Les gens te jugent en fonction de ce que tu manges.

— Tu me raconteras tout ça, mais pour le moment, prends ton temps. Je t'apporte du saké ? questionna Koishi avec bonne humeur.

— Peut-être bien... répondit-elle d'une voix doucereuse.

— Tu étais la plus grande buveuse de la fac ! Tu préfères ton saké chaud ou froid ?

La main sur l'anse de la théière, Koishi s'apprêta à repartir en cuisine.

— Tiède.

— Ça marche. Tu n'as vraiment pas changé ! insista Koishi en se retournant.

Hatsuko reprit ses baguettes et saisit un sashimi de sériole. La fine tranche de poisson enrobée de navet scintillait. Hatsuko y ajouta du wasabi en quantité, puis du *konbu* salé et posa le tout sur sa langue. Les effluves marins et la fraîcheur du navet s'unirent dans sa bouche. Elle fut prise d'un frisson, comme si un éclair avait parcouru sa moelle épinière.

Nagare apporta une bouteille de saké en céramique de la province de Bizen et une coupe en faïence Aokutani à motifs colorés.

— Du saké non pas froid, mais tiède. Ça te ressemble bien ! Je me rappelle que tu buvais beaucoup chez nous.

— À l'époque, je vous ai causé bien des ennuis.

Hatsuko prit la coupe et fit un signe de tête comme pour s'excuser de son comportement passé.

Nagare parcourut du regard la boîte presque vide.

— Je suis ravi que le repas te plaise. Après tout, ce ne sont que de modestes plats.

— Modestes ? Je ne suis pas d'accord. J'ai très rarement l'occasion de manger de la vraie cuisine de Kyoto comme la vôtre, déclara Hatsuko avec sérieux.

— Tes compliments me vont droit au cœur, mais mes préparations ne sont pas du niveau de la cuisine de Kyoto. Personne ne me l'a enseignée, aussi je cuisine selon mes envies.

— Un policier qui concocte des mets succulents. Vous êtes Superman !

— Tu exagères !

Il se gratta la tête avec embarras.

— Qu'est-ce qui te rend tout penaud ? Hatsuko te brosse juste dans le sens du poil ! dit Koishi en administrant un petit coup dans le dos de son père.

— Pas du tout. Je suis sincère, objecta Hatsuko en faisant la moue.

— Retirons-nous pour qu'elle déjeune en paix, lança Nagare, et il tira sur la manche de sa fille.

— Si tu veux plus de saké, appelle-moi, ajouta Koishi avant de disparaître dans la cuisine, traînée par son père.

Hatsuko pencha doucement la coupe à saké en céramique vers ses lèvres. Elle soupira de plaisir lorsqu'elle sentit la première gorgée couler le long de sa gorge.

Elle prit un morceau de poulet au tofu frit entre ses baguettes. Elle mastiqua lentement et, appréciant la saveur du tofu, elle but une nouvelle gorgée de saké. À force de manipuler tour à tour ses baguettes et son verre, elle acheva son bento. Hatsuko secoua la bouteille de saké et constata qu'il en restait un fond. Alors que d'ordinaire, l'alcool manquait avant la nourriture.

Puis elle se souvint du dernier repas pris en compagnie de son père. Comme cela datait de l'école primaire, ses souvenirs étaient flous. Tous deux s'étaient rendus dans l'un des rares restaurants à la campagne doté d'une sublime pièce à tatamis. À y repenser aujourd'hui, c'était probablement le lieu où son père organisait des repas professionnels avec ses clients. Il semblait proche de la serveuse d'un certain âge. Sashimis, tempuras, steaks. Hatsuko n'avait pas le moindre souvenir que ces plats certainement remarquables aient été bons.

En dessert, son père avait pris du melon, les larmes aux yeux. Ce restaurant paraissait compter pour lui, mais une écolière telle que Hatsuko n'avait pas les clés pour en comprendre la raison.

Elle triturait sa coupe de saké vide dans le creux de sa main, les yeux au plafond.

Nagare vint secouer la bouteille, son plateau sous le bras.

— En désires-tu une autre ?

— Non merci, répondit-elle en joignant les mains.

— Koishi t'attend dans la pièce du fond, je t'y conduirai bientôt.

Nagare replaça le couvercle sur la boîte à bento.

— Merci beaucoup. C'était vraiment un régal. Et je ne cherche pas à vous flatter.

Elle fixa Nagare.

— Je le sais bien. Tu n'es pas une menteuse. Je le sais mieux que personne.

— Le patron de l'agence pour laquelle je travaille me rappelle constamment de faire le maximum pour réussir.

— Ne peux-tu pas rester toi-même ?

Elle médita ses paroles, les yeux baissés sur la table.

— Veux-tu que je t'apporte du thé pour te dégriser ?

— Ça ira. Pouvez-vous m'emmener auprès de Koishi ? demanda-t-elle en se levant.

Hatsuko suivit Nagare à pas comptés, le bruit de ses talons résonnant depuis le fond du restaurant jusqu'au couloir.

Koishi lui ouvrit la porte du bureau avec enthousiasme.

— Je t'en prie !

— Koishi, je te la confie.

Une fois que Nagare eut le dos tourné, Hatsuko s'engagea dans la pièce.

— On est mieux ici pour discuter que dans le restaurant, non ? Vas-y, assieds-toi.

Koishi désigna le long canapé.

— J'aime bien cette ambiance rétro. En plus, on peut voir dehors.

Elle observa la pièce, puis s'installa dans le canapé sans se presser.

— Tu peux compléter ce document ? Désolée pour cette formalité, mais je dois garder une trace de l'enquête.

Koishi prit place en face d'elle et déposa le porte-formulaire sur la table basse.

— C'est stressant.

Hatsuko le posa sur ses genoux et remplit la fiche de renseignements.

— Je n'aurais jamais imaginé qu'on se voie dans ces conditions, avoua Koishi en observant son amie en train d'écrire.

— Voilà madame. Ça vous va ? plaisanta Hatsuko en le lui rendant.

— C'est parfait, madame Hatsuko Shirasaki ! Quelle recette souhaites-tu retrouver ?

Koishi ouvrit son cahier.

— Du riz sauté.

— Du riz sauté ? Toi ? s'étonna Koishi, les yeux écarquillés.

— C'est bizarre ?

— Je m'attendais à un plat de luxe digne d'une star.

Hatsuko soupira en levant la tête.

— J'ai lu dans un magazine que tu n'allais que dans des restaurants haut de gamme, comme un restaurant français et un italien trois étoiles, poursuivit Koishi.

— Je crois te l'avoir déjà dit, mais je suis née à la campagne, sur l'île de Shikoku, où j'ai vécu jusqu'à mes dix ans. Pour certaines raisons, mon oncle de Kyoto m'a recueillie. La recette que j'aimerais retrouver est le riz sauté que ma mère préparait souvent quand j'étais petite, raconta

Hatsuko en prenant le temps de bien choisir ses mots.

— J'ai toujours eu le sentiment qu'il ne fallait pas t'interroger sur ton enfance. Mais si tu veux qu'on retrouve cette recette, je vais devoir te poser des questions précises. Ça ne te dérange pas ?

Koishi leva les yeux vers Hatsuko.

— Mon patron me défend d'en parler, mais toi, je te fais confiance, dit-elle en se redressant.

— Rassure-toi. Là, je ne te parle pas en tant qu'amie, mais en tant qu'enquêtrice, et j'ai l'obligation de préserver la confidentialité de nos clients.

— Merci.

Hatsuko s'inclina légèrement, puis aspira du thé pour apaiser sa gorge sèche.

— Je suis née dans la ville portuaire de Yawatahama, dans la préfecture d'Ehime. Quand j'avais dix ans, l'entreprise locale où travaillait mon père a fait faillite. Ma mère, qui était de faible constitution, est décédée peu après. L'angoisse n'a pas dû aider... balbutia Hatsuko.

— Si ça ne t'embête pas, tu peux me donner leurs noms ?

— Mon père s'appelle Fumio Shirasaki. Ma mère, Yasuyo Shirasaki.

— Qu'est devenu ton père après le décès de ta mère ?

— Lorsqu'il était en poste, il a été mêlé à des irrégularités comptables et a été condamné à payer une amende. Il a dû se dire qu'il n'avait pas le choix pour gagner sa vie. J'ai été confiée à la garde de mon oncle, pendant que mon père parcourait le Japon et travaillait en extérieur. Je crois qu'il est employé saisonnier.

— Ça a dû être terrible.

— J'ai eu la chance que mon oncle et ma tante, qui n'ont pas pu avoir d'enfant, m'aient élevée comme si j'étais leur propre fille, et je n'ai manqué de rien. Ils sont riches, alors j'ai grandi dans l'opulence et je leur en suis reconnaissante.

— J'étais persuadée que tu étais née avec une cuillère en argent dans la bouche.

— Mon oncle et ma tante m'avaient eux aussi conseillé de garder le silence sur les événements de Yawatahama. Mais ça me donne l'impression de t'avoir menti. Je suis désolée.

Elle inclina la tête.

— Ce n'est pas grave. Dis-moi plutôt, de quel riz sauté s'agit-il ?

— Je m'en souviens mal. Mais c'était excellent et ça n'avait rien à voir avec celui des restaurants chinois.

— En quoi ?

Koishi empoigna son stylo.

— Eh bien… C'était un peu acide.

— Un riz sauté acide ? Ne me dis pas que c'était avarié ? dit Koishi avec un sourire gêné.

— Non, mais il y avait toujours un arrière-goût frais.

— Du jus de citron, peut-être ? À quoi ressemblait le riz ?

— Il était rose.

— Rose ? Du riz sauté ?!

Koishi était bouche bée.

— Normalement, le riz est marron à cause du sauté de porc. Mais il n'était pas d'une couleur aussi foncée. Quand je rentrais de l'école, je trouvais un torchon recouvrant le plat posé sur la table du salon. Dans mes souvenirs, il était rose.

— Tu veux dire que ta mère était absente ?

— Elle travaillait à temps partiel et rentrait tard le soir.

— Alors tu le réchauffais au micro-ondes et tu mangeais seule.

Koishi nota ces éléments.

— En faisant mes devoirs, ajouta Hatsuko avec un petit rire.

— Je me demande où elle travaillait.

— J'ai le vague souvenir que c'était à Ehime Sumo quelque chose...

— Ehime Sumo ? Comme un lutteur de sumo ? Qu'est-ce que c'est que cette entreprise !

Koishi éclata de rire.

— Je me trompe peut-être. Sans doute parce qu'il y avait toujours des combats de sumos à la télé quand je dînais seule !

— Passons au goût. Tu ne te souviens vraiment de rien ? Quelle est la différence entre ce plat et un riz sauté classique ?

Koishi tourna la page de son cahier.

— Je ne suis pas sûre, mais il me semble que ça avait goût de poisson. Ma mère remplaçait sans doute la viande. Ça paraît logique, puisque Yawatahama est un port de pêche.

— Un riz sauté au poisson. Je n'arrive pas à l'imaginer, dit Koishi en posant son stylo pour croiser les bras.

— Désolée de vous demander une recette aussi compliquée.

— Tu n'as pas à t'excuser. Ça vaut la peine que mon père mène l'enquête. Mais pourquoi aujourd'hui, tu souhaites la retrouver ?

Koishi plongea son regard dans celui de Hatsuko.

À cette question, son visage s'assombrit, et après quelques instants, elle se décida à répondre.

— La semaine dernière, on m'a demandée en mariage.

— Génial ! Félicitations ! s'extasia Koishi en tapant dans ses mains.

— Merci, murmura Hatsuko en détournant le regard.

— Qui est ton fiancé ? demanda Koishi avec grande curiosité.

— Il s'appelle Keita Kakuzawa.

— Kakuzawa ?

— C'est le directeur général de Square Motors, répondit Hatsuko en rougissant légèrement.

— Attends, ça signifie qu'il est le fils du P-DG ? fit Koishi, stupéfaite.

Hatsuko confirma d'un hochement de tête discret.

— J'ai joué dans une publicité pour Square Motors, et c'est ainsi qu'on s'est rencontrés.

— C'est incroyable !

— Mais je n'ai pas encore accepté. Il ignore encore tout du crime de mon père.

Elle baissa les yeux sur la table.

— Ça n'a aucun rapport ! Je suis certaine qu'il comprendra.

— Tu crois vraiment que le fils d'un riche constructeur automobile emblématique du Japon pourrait épouser la fille d'un criminel, née dans une misérable famille campagnarde ?

Son regard s'emplit de tristesse.

— Je sais bien…

Koishi perdit toute sa contenance.

— Je ne peux pas continuer à lui mentir, alors je vais le lui annoncer.

— Quel est le lien avec le riz sauté ?

— Il m'a demandé de lui préparer un plat fait maison. J'ai beaucoup réfléchi et j'ai porté mon choix sur cette recette de ma mère.

Le sourire de Hatsuko se mua en une grimace.

— C'est tout toi, Hatsuko, dit Koishi.

— Comme il sait que je suis des cours de cuisine chaque semaine, il s'imagine sûrement que je vais lui préparer de la cuisine française ou japonaise de luxe. Il va être surpris.

— Je ne sais pas quoi dire, mais je ferai tout pour ton bonheur.

L'air concentré, Koishi referma son cahier.

— Merci. Je pense que ce riz sauté est le plat idéal pour qu'il sache qui je suis réellement, affirma Hatsuko avant de se lever.

Koishi avança d'un pas lourd dans le couloir pendant que Hatsuko la suivait sans un mot. À leur retour dans le restaurant, Nagare replia son journal et tourna la tête vers sa fille.

— Tu l'as écoutée comme il faut ?

Mais Hatsuko répondit à sa place :

— Oui, avec attention.

Nagare tapota l'épaule de Koishi, qui semblait abattue.

— Rien qu'à ta tête, je sens que ça va être une affaire délicate.

— Je suis désolée de vous réclamer une recette aussi difficile, s'excusa Hatsuko, intervenant à nouveau pour Koishi, qui était restée muette.

— Ne t'en fais pas. Plus c'est ardu, plus ça vaut la peine de mener l'enquête ! dit Nagare, plein d'assurance.

— Tu peux revenir dans deux semaines ? demanda Koishi, qui semblait avoir subitement retrouvé le moral.

— Je pense que oui. J'ai inscrit mon adresse e-mail sur le formulaire, envoie-moi un message.

— Il faudra que mon père se donne à fond !

Koishi le regarda du coin de l'œil.

— Je ferai au mieux, promit-il en souriant à Hatsuko.

— Merci d'avance.

Elle courba la tête et fit coulisser la porte d'entrée. Elle était à peine dehors que Nagare lui tendit son manteau noir en s'écriant :

— Hatsuko, tu as oublié ça !

— Encore… râla-t-elle en le récupérant.

— Tu n'en as pas l'air, mais tu agis toujours à la va-vite ! dit Koishi en riant.

— À la prochaine, Roupillon.

Hatsuko caressa la tête du chat qui avait accouru vers elle.

— Qu'est-ce que tu as prévu pour le reste de la journée ? demanda Nagare.

— Je rentre à Tokyo, j'ai du travail, répondit-elle en hélant un taxi.

— Tu dois être débordée. Tu devrais venir te reposer à Kyoto de temps en temps, conseilla Koishi.

— J'espérais aussi faire un saut chez moi, mais bon… dit-elle à regret tandis qu'elle montait dans le taxi.

— Rentre bien ! fit Nagare.

Ils regardèrent la voiture s'éloigner tranquillement, puis rentrèrent à l'intérieur.

— À quoi tu penses ?

— Je ne suis pas sûre que ce soit une bonne idée de retrouver cette recette.

Elle lui résuma la requête de Hatsuko.

— Quand on nous confie une enquête, il faut mener les recherches du mieux possible. C'est à Hatsuko de décider ce qu'elle en fait. Ton avis n'entre pas en ligne de compte, trancha Nagare.

— Tu as raison. En tout cas, si on ne s'y met pas, on n'ira pas bien loin.

L'air décidé, Koishi remit ses notes à son père.

— Du riz sauté ? On n'en a pas mangé depuis un moment.

Il feuilleta posément le cahier en suivant les idéogrammes du doigt.

— Oui, mais il est rose et probablement au poisson. Ça va être dur, non ? dit Koishi en désignant ses notes derrière Nagare.

— La pêche est bonne à Yawatahama, mais de là à en ajouter dans ce plat…

— Ce sont peut-être des miettes de chair rouge de thon ou de bonite ?

— Elles noirciraient à la cuisson.

— Ou alors, des petits morceaux de gingembre mariné au vinaigre ? Tu sais, ce qui accompagne les sushis.

— Dans ce cas, ça n'aurait pas goût de poisson. Bref, je vais faire un tour à

Yawatahama, déclara Nagare en refermant le cahier.

— Tu as toujours adoré te rendre sur le terrain. Je compte sur toi !

Koishi donna une tape dans le dos de son père.

Chapitre 2

Hatsuko n'aimait pas l'expression « se mettre sur son trente et un », mais elle traduisait bien son enthousiasme. Cette fois, elle avait opté pour un manteau rouge avec un sac assorti, d'une teinte plus foncée.

Lorsqu'elle aperçut le restaurant Kamogawa, elle ralentit le pas.

— Me revoilà, Roupillon !

Elle s'accroupit et caressa la gorge du chat.

— Ne salis pas sa belle tenue ! s'écria Koishi en sortant du restaurant. Elle doit coûter une fortune !

— Ne t'en fais pas. Je sais que Roupillon est obéissant !

Elle se releva et tira légèrement sur le bas de sa jupe.

— Mon père avait hâte que tu arrives, dit Koishi en poussant Hatsuko dans le dos.

— J'appréhende un peu…

La main plaquée sur sa poitrine, Hatsuko prit une profonde inspiration, puis elle franchit le seuil du restaurant.

— Bienvenue !

Nagare l'accueillit avec le sourire.

— Je m'en remets à vous aujourd'hui, le salua-t-elle timidement avant de retirer son manteau rouge.

— Il fait froid, hein ? lâcha Koishi.

— J'ai l'impression que la température ressentie n'est pas la même qu'à Tokyo. Mais bon, aujourd'hui, il ne fait pas si froid…

— Tout est prêt, c'est quand tu veux, annonça Nagare en apportant du thé.

— Merci. J'aimerais d'abord me préparer mentalement.

Elle effectua plusieurs mouvements d'épaules afin de se détendre.

— Tu veux du saké ?

Koishi regarda son amie.

— Il vaudrait mieux boire après, objecta Nagare. Hatsuko doit se replonger dans son enfance.

Celle-ci avait repris son souffle et se tenait bien droite sur sa chaise.

— C'est bon, je suis prête.

— Je te sers dans trois minutes, dit Nagare en se dirigeant vers la cuisine.

Hatsuko ferma les yeux.

Chaque son provenant de la cuisine arrivait jusqu'à elle, comme si l'air hivernal était aussi sec dedans que dehors. Elle entendit le tintement du micro-ondes, l'ouverture et la fermeture de la porte.

— Et voilà !

Au petit trot, Nagare apporta le riz sauté sur un plateau en aluminium.

— Je l'ai réchauffé comme tu le faisais à l'époque. L'assiette est chaude, fais attention à ne pas te brûler.

Il posa devant elle une cuillère et une assiette blanche recouverte de Cellophane, dissimulant le riz sous un nuage de vapeur.

— Je peux l'enlever ?

Hatsuko leva les yeux vers Nagare, qui l'y autorisa d'un signe de tête.

— C'était à toi de le faire, tu n'es pas d'accord ?

Ses paroles lui arrachèrent un sourire. Lorsqu'elle ôta la Cellophane, la vapeur s'échappa brusquement.

— Prends tout ton temps.

— Merci.

Nagare lança un regard à Koishi, puis tous deux se retirèrent.

Hatsuko huma l'odeur qui accompagnait le maigre filet de vapeur. À l'aide de sa cuillère, elle attrapa du riz sauté en surface et le porta délicatement à sa bouche. Les paupières closes, elle mastiqua. Après une dizaine de coups de mâchoire, elle acquiesça vigoureusement.

— C'est bien ça.

Impatiente, elle manipula sa cuillère sans répit pour dévorer le riz.

— Délicieux, murmura-t-elle après en avoir englouti plus de la moitié.

— Alors ? C'était ce goût-là ?

Nagare reparut avec une théière en porcelaine d'Arita.

— Oui.

— Tant mieux. J'en ai préparé une bonne quantité, alors manges-en autant que tu veux, dit-il en lui servant un thé.

— Nagare, comment...

— Mange d'abord. Je t'expliquerai après.

Il s'éclipsa à nouveau.

Hatsuko reprit sa cuillère et savoura pleinement le riz sauté. Elle portait son entière attention à chaque cuillerée posée sur sa langue. La répétition de ces gestes fit rejaillir des souvenirs à sa mémoire.

Le chemin de retour de l'école. La fois où elle était rentrée en larmes après avoir été traitée de « grande perche » et de « garçon manqué ». La fois où elle avait déverrouillé la porte d'entrée et où, terrifiée, elle était tombée nez à nez avec une énorme araignée. La fois où, par une pluie battante, elle avait gardé la maison dont la toiture avait soudain fui et où elle avait dû chercher des seaux. Le fait qu'elle détestait être toujours habillée en rouge. Ses souvenirs n'étaient pas tous douloureux. Comme le jour où ils étaient partis en famille au cap Suwa et avaient admiré un magnifique coucher de soleil. Et quand ils avaient pique-niqué sous les cerisiers en fleurs au bord de la rivière Kikigawa.

Le passé longtemps refoulé resurgit brutalement dans son esprit.

À ce moment, elle prit conscience que son assiette était vide.

— Excusez-moi, je peux en avoir d'autre ?

Nagare sortit de la cuisine, le sourire jusqu'aux oreilles.

— Avec plaisir !

— J'ai l'impression que je pourrais en avaler des tonnes !

Hatsuko afficha un sourire tout aussi radieux.

— Ça me rassure ! dit Nagare.

Il prit l'assiette sur son plateau et s'en alla.

Hatsuko se remémora la fois où elle avait voulu reprendre du riz et avait fouillé toute la cuisine. Elle avait ouvert le réfrigérateur, les placards, puis elle avait apporté un marchepied pour atteindre les étagères les plus hautes. Mais elle n'avait rien trouvé et avait trompé sa faim avec de l'eau.

— Je t'en ai mis moitié moins que tout à l'heure, mais si ça ne suffit pas, appelle-moi.

Nagare posa le bol devant elle.

— Merci. Je crois que ça ira.

Elle saisit sa cuillère et prit une bouchée de riz sauté.

— Tu as bon appétit ! Tu es retombée en enfance ? lança Nagare joyeusement.

— Je n'ai pas autant mangé depuis des années. Mais là, étrangement, je n'arrive pas à m'arrêter.

— Seuls les enfants savourent un bon plat avec insouciance. Les adultes n'ont en tête que des choses superflues, comme leur santé ou leur régime. Là, tu as retrouvé ton âme de petite fille.

Le regard de Nagare se plissa davantage.

— Comment avez-vous retrouvé la recette ? Vous voulez bien m'en dire plus ? demanda Hatsuko, la moitié de son assiette avalée.

— Ça te dit, un petit verre ?

Nagare mima une coupe à saké avec ses doigts, ce qui fit sourire Hatsuko.

— Je m'y attendais, dit Koishi. J'ai tout préparé !

Elle réapparut, une grande bouteille de saké en céramique de Shigaraki et trois coupes sur un plateau laqué.

— Quand ça touche à la boisson, tu es particulièrement perspicace ! railla Nagare en s'asseyant face à Hatsuko.

— Bravo d'avoir retrouvé la recette. Je suis soulagée, le félicita Koishi en levant son verre.

Nagare et Hatsuko l'imitèrent.

— Je suis allé à Yawatahama, commença-t-il après avoir vidé le sien.

— C'est loin, pourtant. Merci à vous, répondit Hatsuko.

— Je n'ai malheureusement rencontré aucune connaissance de ton père, mais j'ai découvert la société pour laquelle travaillait ta mère. Elle n'existe plus aujourd'hui. C'était la première entreprise japonaise à avoir distribué des saucisses de chair de poisson sur le marché. Alors j'ai compris que c'était ce qui donnait au riz cette couleur rose. Tu as dû t'en rendre compte en y goûtant, non ?

Il sortit des saucisses de poisson d'un sac en plastique et les lui montra.

Hatsuko fouilla dans sa mémoire.

— En effet, je crois qu'il y en avait dans le réfrigérateur...

— Je les ai achetées sur place. J'ai demandé conseil dans une boucherie, et ces saucisses se rapprochent le plus de celles que tu connais. La teinte rose proviendrait également de ceci.

Nagare posa un sachet à côté des saucisses de poisson.

— Qu'est-ce que c'est ? firent en même temps les deux femmes.

— C'est un produit local réputé, des copeaux de *kamaboko*, une pâte de poisson rose et blanche. Ça se fabrique comme les copeaux de bonite séchée. Ils sont déshydratés et se conservent bien. Je pense que ça a été inventé à une époque où le réfrigérateur n'existait pas. On en parsème généralement le *chirashi-zushi*, mais ta mère en a fait l'un des ingrédients de son riz sauté. C'est très bon avec le saké.

Il ouvrit le sachet et saisit des copeaux, puis Hatsuko fit de même.

— Alors il n'y avait pas que des saucisses de poisson...

— Comme ces deux produits sont à base de poisson, le riz en prend le goût et se colore d'une belle teinte rosée.

Koishi plaça des copeaux dans le creux de sa main.

— Ce n'est qu'une supposition de ma part, mais ta mère t'a peut-être préparé un riz rose pour t'élever comme une fille. Être grande et masculine, à la campagne, ça se remarque forcément. Tu as dû souffrir de harcèlement.

Hatsuko détourna le regard.

— C'est gentil de la part de ta mère, dit Koishi, les yeux humides.

— Pour ce qui est du goût principal, je pense qu'elle utilisait de l'infusion d'algue *konbu* à la prune. Tu avais remarqué une acidité et un arrière-goût frais. J'ai tout de suite compris. En plus, ça teinte aussi en rose.

Quand Nagare lui en présenta une boîte, Hatsuko approuva d'un grand hochement de tête.

— À mon avis, peu importe la variété de riz. J'ai réuni tous les ingrédients dans ce sac et je t'ai rédigé la recette pour que tu puisses la reproduire. Prépare-la bien et fais-la goûter à ton fiancé !

Nagare lui remit le sac en papier.

— Merci.

Elle le saisit et se dressa sur ses jambes.

— Tu peux rester si tu veux. Ça te dit de dîner avec nous ? suggéra Koishi en se levant prestement.

— Je suis désolée. Cette fois encore, j'ai du travail aujourd'hui et je dois rentrer. Mais d'abord, je souhaite me recueillir sur la tombe de mon oncle.

Elle rassembla ses affaires.

— Reviens quand tu veux, je te préparerai un bon petit plat ! dit Nagare.

— Merci. La dernière fois, j'ai oublié de payer. J'aimerais régler avec les frais d'enquête. Combien je vous dois ?

Hatsuko extirpa un porte-cartes rouge vernissé de son sac.

— Chez nous, ce sont les clients qui fixent le montant des frais d'enquête. Tu veux bien verser sur ce compte la somme que te dictera ton cœur ?

Koishi lui remit un papier.

— C'est d'accord. J'y mettrai tout mon cœur !

Elle le plia et le rangea dans son porte-cartes.

Lorsqu'elle sortit du restaurant, Roupillon bondit à ses pieds en miaulant.

— Roupillon, merci à toi. Je reviendrai !

Elle le prit dans ses bras et le caressa longuement.

— Ton manteau chic va être tout sale, dit Nagare en tapotant le ventre du chat du bout du doigt.

— Merci pour votre aide.

Elle le reposa au sol et s'inclina.

— On aurait peut-être dû t'appeler un taxi, déplora Koishi en s'étirant, les yeux tournés vers la rue Shomen.

— J'en trouverai sûrement un rue Karasuma, répondit Hatsuko en prenant à gauche.

— Prends soin de toi, dit Nagare.

Elle salua le père et la fille de la tête et s'élança à grandes enjambées.

— Quelle démarche de mannequin ! s'émerveilla-t-il, le sourire aux lèvres.

— Hatsuko ! s'écria Koishi.

Aussitôt, celle-ci se retourna.

— Tous mes vœux de bonheur ! s'exclama-t-elle les mains en porte-voix.

— Merci ! hurla Hatsuko en la saluant d'un geste avant de reprendre son chemin.

Quand elle eut disparu, Nagare et Koishi rentrèrent dans le restaurant.

— Je me demande ce que ça va donner, dit-elle en pénétrant dans la pièce.

— De quoi tu parles ?

Nagare se mit à débarrasser la table.

— Tu sais bien, son mariage avec Keita Kakuzawa ! rétorqua Koishi en nettoyant la table à l'aide d'un chiffon humide.

— Peu importe, non ? Les dieux décideront au mieux.

Nagare secoua la bouteille de saké vide.

— Je la vois plus en robe de mariée qu'en kimono, marmonna Koishi, bras croisés.

— Toi, comme tu es petite, ce sera plutôt kimono. Et la haute coiffe ornée d'épingles florales des mariages traditionnels.

Nagare s'assit au comptoir et déplia son journal. Koishi s'assit à côté de lui.

— Mais pour ça, il faudrait déjà que je trouve quelqu'un.

— Et si ce soir, on allait manger des sushis chez Hiro ? Ça fait longtemps.

— Vraiment ?

Le regard de Koishi pétilla.

— Kikuko va s'inquiéter si tu ne te maries pas.

Nagare entra dans le salon et se dirigea vers l'autel, suivi par sa fille.

— Tu crois ? Je pense qu'elle désire encore moins que je te laisse seul. Elle s'inquiéterait pour toi.

— Protège bien Koishi, mais aussi Hatsuko, s'il te plaît, demanda Nagare à sa femme en allumant un bâtonnet d'encens.

CINQUIÈME PARTIE

Les *soba* à la chinoise

Chapitre 1

Katsuji Onodera avait été prévenu qu'il était préférable d'éviter Kyoto l'été, mais il arriva à la gare JR en pleine période estivale. Il ne pouvait s'en prendre qu'à lui-même.

Ses quatre années universitaires passées dans cette ville remontaient à plus de trente ans. Il s'était lassé de la chaleur de l'été et du froid mordant de l'hiver. À la belle saison, il détestait surtout la sensation des vêtements qui collent à la peau. Mais Kyoto était toujours aussi mystérieuse. Que l'on considère le paysage urbain immuable ou radicalement changé, dans les deux cas, c'était vrai.

À la sortie Hachijo, il monta dans un taxi qui emprunta le virage à angle droit de la route surélevée. Peu après, il aperçut sur sa gauche une longue file d'attente devant un célèbre restaurant de nouilles *ramen*.

Désormais, c'était devenu une grande chaîne qui vendait même des nouilles instantanées. Onodera se retourna à maintes reprises pour contempler le restaurant par la vitre arrière, et lui revint le souvenir des *ramen* qu'il savourait parfois, lorsqu'il se sentait nostalgique de sa jeunesse à Kyoto.

Le taxi s'engagea rue Karasuma, en direction du nord, puis tourna à droite, laissant le Higashi Hongan-ji sur sa gauche.

— Je crois que c'est dans le coin…

Le chauffeur ralentit, inspectant les deux côtés de la route.

— Garez-vous là. Je vais me débrouiller.

Onodera descendit du taxi en agrippant son sac Boston noir.

Il compara un bâtiment en mortier à un étage avec son plan et réfléchit à haute voix :

— Si la rue Shomen est ici et le temple derrière moi… ce doit être ici.

L'établissement n'arborait ni panneau ni rideau *noren*. N'importe quel passant poursuivrait son chemin, n'y voyant qu'une habitation, et pourtant, c'était sans nul doute le restaurant Kamogawa. Onodera fit coulisser la porte avec vigueur avant de pénétrer discrètement dans la pièce.

— Je suis bien au restaurant Kamogawa ? demanda-t-il à une jeune femme qui lui sembla être une employée.

— Oui. C'est pour déjeuner ?

— Ce serait avec joie, mais je suis venu vous demander de retrouver une recette, répondit-il en présentant sa carte de visite.

— Asseyez-vous. Je m'appelle Koishi Kamogawa, c'est moi qui gère le bureau d'enquête. Mon père tient le restaurant.

Elle le salua d'un bref hochement de tête. Onodera fut un peu décontenancé, surpris qu'une jeune femme soit enquêtrice.

— On a un client ? questionna un homme en tenue de travail blanche qui sortait de la cuisine.

— Oui, pour le bureau et le restaurant, l'informa Koishi.

Onodera tendit sa carte de visite à Nagare.

— Monsieur Onodera, nous choisissons le menu des clients lors de leur première visite, expliqua-t-il en jetant un regard à la carte. Cela vous convient-il ?

— Tout à fait, répondit Onodera en souriant, soulagé.

Malgré la douceur de son visage, ses paroles et son attitude étaient guindées. Il supposa que le véritable enquêteur était ce père de famille et qu'il n'avait missionné sa fille que pour la façade.

— Je vous prépare le repas tout de suite, veuillez patienter, annonça Nagare en tournant les talons.

Onodera s'installa et examina à nouveau les lieux. Le restaurant désert ne comptait qu'une seule cliente. Assise à une table au fond de la pièce, une vieille femme en kimono finissait de siroter bruyamment son thé matcha. Cette scène singulière accapara son attention pendant un moment.

— D'où venez-vous ? demanda-t-elle en le scrutant.

— De Tokyo.

— Il n'y a pas de personnes aussi âgées que moi à Tokyo ? lui dit-elle, visiblement contrariée.

— Pas qui portent aussi bien le kimono. Je n'ai pas pu m'empêcher de vous regarder.

Il lui adressa un léger salut de la tête.

— Les gens comme Tae sont également rares à Kyoto, s'extasia Koishi tout en servant du thé *hojicha* à Tae Kurusu. Elle se tient magnifiquement droite, et l'air de rien, elle prend son repas en kimono sans transpirer même par cette forte chaleur. Je l'admire !

— Oh, c'est trop de flatterie.

Avec un regard en coin à l'intention de Koishi, Tae saisit la tasse en céramique de Karatsu.

— Excusez-moi, j'ai soif, pourrais-je avoir une bière ? commanda Onodera en essuyant la sueur qui coulait sur sa nuque.

— Nous n'avons que des bouteilles de cinq cents millilitres.

— C'est parfait.

Koishi décapsula une bouteille et la lui servit avec un verre.

— J'ai passé mes années universitaires ici, et le kimono va bien avec cette ville.

Il finit son verre et sourit à Tae.

— Dans quelle université avez-vous étudié ?

— Rakushikan.

— Avez-vous bien profité de votre vie d'étudiant ? interrogea-t-elle avec froideur.

— Oh que oui…

Il remplit son verre de bière qui déborda de mousse.

— Votre réponse est éloquente… dit Tae.

Koishi la resservit à l'aide de la théière en céramique Mashiko.

— Les choses ont peut-être changé, mais il y a trente ans, fréquenter cette université équivalait à prendre du bon temps. Ceux qui venaient à Kyoto dans le but d'étudier sérieusement allaient à Kyonan, et les autres, à Rakushikan, dit-il en riant avant de terminer son deuxième verre.

— Mais c'est grâce à ce genre d'université que des gens de talent ont éclos dans divers domaines, répliqua Nagare qui venait d'entrer dans la pièce et servait à Onodera un plateau en laque noire.

— C'est joliment dit.

Onodera se servit de la bière une nouvelle fois.

— De nombreuses célébrités sortent diplômées de Rakushikan, de même que des hommes d'affaires influents !

Sur le plateau, Nagare dressa des baguettes effilées aux deux extrémités et une assiette en porcelaine bleue et blanche *sometsuke*.

— Beaucoup de mes amis y ont étudié, renchérit Koishi.

— De même que la plupart des jeunes qui font du tapage jusqu'à tard le soir, rétorqua Tae d'un ton cinglant.

— J'en ai fait partie... bredouilla Onodera, l'air un peu gêné.

— Tenez, dit Nagare en lui servant une grande assiette en verre.

— Oh !

Ébahi, Onodera écouta les explications de Nagare en admirant les plats.

— La murène et l'*ayu* sont des ingrédients incontournables aux repas d'été à Kyoto. C'est ce que je vous sers aujourd'hui dans cette grande assiette. En haut à gauche, ce sont deux *kosode-zushi* de murène : un sushi où j'ai cuit le poisson à la manière *teriyaki* et un second à la manière *shirayaki*. Dans le bol à côté, c'est de la peau de murène au vinaigre, agrémentée d'okra. Sur les feuilles de bambou, deux petits *ayu* pêchés dans la rivière Katsuragawa et salés avant cuisson. Dans la coupelle en verre, ce sont des viscères fermentés d'*ayu* au sel. Au centre à droite, ce sont des beignets d'alevins *ayu*. Je les ai saupoudrés du poivre du Japon additionné de sel, vous pouvez les manger tels quels. En bas à droite, sur la feuille de *shiso*, c'est de la murène bouillie assaisonnée de chair de prune et de gingembre du Japon. En bas à gauche, c'est de la murène cuite au *shiro miso* où j'ai glissé des tranches d'aubergine de Yamashina. Bon appétit !

Koishi débarrassa la bouteille vide.

— Désirez-vous une autre bière ? Ou peut-être du saké ?

Onodera examinait son assiette avec gourmandise.

— Je veux bien du saké. Car de la bière avec une telle cuisine, c'est impensable !

— Je possède un saké d'un producteur de Fukushima qui s'accorde très bien avec mes préparations. Je vous en sers un verre, dit Nagare avant de se ruer en cuisine.

— Savourez votre repas, conseilla Tae. Quant à moi, je vous laisse.

Elle le salua, puis sortit du restaurant.

Onodera se leva pour lui rendre son salut et la suivit du regard.

Puis il attaqua les plats et commença par goûter aux viscères fermentés de poisson. Du bout de ses baguettes, il s'empara d'un morceau de la taille d'un haricot *azuki* et le porta à ses lèvres. Il ferma les yeux de délectation.

— Pardon pour l'attente. Voici un saké de la marque Ninki. C'est du *junmai ginjo*, de l'alcool de riz pur. Celui-ci est produit en été et uniquement commercialisé en période estivale. Nous l'avons refroidi à dix degrés. Prenez votre temps et faites-moi signe quand vous désirerez la soupe.

Nagare plaqua son plateau en argent sous son bras et se retira.

Onodera approcha le verre rempli à ras bord de sa bouche. C'était un verre coloré à facettes *edo kiriko* datant de la fin de l'époque d'Edo. Onodera se racla la gorge deux fois, resserra les lèvres pour déguster l'alcool et soupira.

— C'est un bon saké.

Le faible goût sucré du *shiro miso* de la murène à l'aubergine était plein de fraîcheur. Onodera n'en avait jamais mangé quand il était étudiant, mais celle qu'il avait l'habitude de déguster à Kyoto depuis qu'il avait sa propre entreprise avait toujours eu cette saveur. Lorsqu'un chef d'un restaurant *kappo* lui avait dit que l'été à Kyoto rimait avec murène, Onodera n'avait pas pleinement réalisé la portée de ces paroles, mais grâce à la cuisine de Nagare, il comprit.

L'été à Kyoto rimait avec murène.

Mais pas seulement avec murène. Les *ayu* étaient extraordinaires. Ceux cuits au sel l'étaient évidemment, mais les beignets de poissons plus petits qu'un auriculaire, légèrement amers, diffusaient la senteur d'une rivière cristalline. Poivrés à souhait, ils laissaient un délicieux arrière-goût.

L'entreprise d'Onodera était de taille moyenne. À Tokyo, il avait savouré de la cuisine japonaise dans d'excellents restaurants, qui sans surprise, ne soutenaient pas la comparaison avec un restaurant kyotoïte. En plus, celui-ci n'était pas un célèbre *kappo* du quartier de Gion, mais un simple commerce rattaché à un bureau d'enquête.

Nagare reparut.

— Le déjeuner vous plaît ?

— Ce sont vraiment des saveurs typiques d'ici. Ces plats sont introuvables à Tokyo.

— Avez-vous assez de saké ? demanda Nagare en inspectant le verre teinté.

— J'en reprendrais bien un peu, mais j'ai des choses importantes à vous dire…

— Dans ce cas, je vous apporte la soupe. Voulez-vous aussi du riz ? J'en ai cuit avec des *ayu*.

— Volontiers.

Nagare se dirigea vers la cuisine, tandis qu'Onodera avala une gorgée d'alcool en observant le reste de nourriture dans son assiette.

Le saké glissa dans sa gorge. La raison de sa venue lui revint à l'esprit, et aussitôt, l'alcool lui sembla un peu amer.

— Merci pour votre patience, dit Nagare. C'est assez classique, mais une soupe en cette saison appelle forcément de la chair de murène bouillie. Une fois les arêtes retirées, la chair bouillie s'apparente à une pivoine. Le riz à l'*ayu* contient uniquement de la chair de poisson. Il est également sans arêtes, vous pouvez le déguster en y ajoutant du persil *mitsuba*. Je l'ai assaisonné d'aubergine et de gingembre du Japon marinés au vinaigre. Profitez du repas. Je vous apporte un thé vert *bancha*.

Dès que Nagare se fut éloigné, Onodera saisit le bol d'où s'élevait une odeur d'algue *konbu*. La chair de murène se désagrégea sur la langue et le goût du bouillon l'émut profondément. Il reposa le bol en refrénant son ardeur, puis porta à sa bouche le riz à l'*ayu* servi dans un bol en céramique de Koimari. La discrète amertume du poisson se mariait parfaitement avec le riz qui, peu à peu, révélait une douceur en bouche. C'était succulent.

— Un *bancha* de thé grillé *hojicha* bien chaud, c'est appréciable aussi par cette chaleur.

Nagare lui en servit une tasse avec la théière en céramique de Shigaraki.

— Ah, c'était délicieux ! J'ai l'impression d'avoir goûté à la véritable cuisine de Kyoto. Mes paroles vont peut-être vous paraître déplacées, mais je ne m'y attendais pas.

Il posa ses baguettes et plaqua ses paumes l'une contre l'autre.

— J'élabore mes plats comme je l'entends. Ce n'est pas du niveau de la vraie cuisine de Kyoto.

Après avoir débarrassé la vaisselle, Nagare essuya la table.

— Durant mes années universitaires, l'un de mes professeurs nous avait emmenés plusieurs fois dans un restaurant *kappo* à Gion, mais aucun plat n'a marqué ma mémoire ou mon cœur.

— Nous ressentons les choses différemment selon notre âge. La nourriture n'est pas seulement une affaire de saveurs, il est normal que vous n'ayez pas le même ressenti.

Onodera acquiesça en silence.

— Ma fille vous attend dans le bureau, je vais vous y conduire.

— Oui, s'il vous plaît.

Onodera finit son verre et se leva.

Il suivit Nagare dans le couloir long et étroit qui menait au fond du restaurant en contemplant les innombrables photographies collées aux murs.

— La plupart sont mes plats, annonça Nagare en se retournant.

Cuisine française, pot-au-feu *nabe*, *osechi* du Nouvel An, grandes assiettes remplies de nourriture probablement pour une fête. Onodera avançait pas à pas en admirant les clichés, jusqu'à atteindre le bout du couloir.

— Entrez, dit Nagare.

Au moment où il lui ouvrit la porte du bureau, Onodera découvrit Koishi assise dans un canapé.

Il s'installa face à elle.

— Pouvez-vous remplir ceci ? demanda Koishi en lui tendant le porte-formulaire.

Il le compléta aussi vite que s'il s'était agi du questionnaire d'un hôtel et le lui rendit.

— Katsushi Onodera. Vous habitez dans l'arrondissement de Meguro, à Tokyo…

— C'est Katsuji. Katsuji Onodera.

— Je suis désolée. P-DG de Theater Print. Vous êtes imprimeur ?

— Après mon diplôme universitaire, je suis rentré à Tokyo et j'ai créé mon entreprise, même si elle n'est pas bien grande.

— Vous imprimez des cartes de visite et de vœux ?

— Parfois, mais nous sommes spécialisés dans l'impression de jaquettes de CD. Nous couvrons cinquante pour cent du marché national, et j'en suis fier, même si la production de CD tend à diminuer.

Il émit un rire mêlé d'orgueil et d'autodérision.

— Mon père est fan d'*enka*.

— Pour ce genre de musique, nos parts de marché dépassent les quatre-vingts pour cent.

— Il va être ravi ! Mais laissons cela de côté. Quelle recette recherchez-vous ? s'enquit Koishi, assise les genoux bien droits.

— J'ai un peu honte, mais il s'agit de nouilles *ramen* vendues par une roulotte. Ou plutôt, de « *soba* à la chinoise », comme disait le patron.

— Où était localisée cette roulotte ?

Koishi ouvrit son cahier et attrapa un stylo.

— Dès mon entrée à l'université, j'avais rejoint le club de théâtre. Avec mes camarades Kunisue et Yasaka, nous avions créé une petite troupe, les Radish Boys. J'ai dû sécher plus de la moitié des cours obligatoires. Les jours où j'allais à la fac, et même ceux où je n'y allais pas, nous nous rassemblions systématiquement en fin de journée sous le pont Kitaoji et nous répétions là-bas. La roulotte était à proximité.

— Une roulotte à proximité du pont Kitaoji. Comment s'appelait-elle ?

— Il me semble qu'elle n'avait pas de nom.

— À quand cela remonte-t-il ? demanda Koishi en sortant sa calculatrice.

— 1975. Quand j'ai eu mon diplôme en 1979, je crois qu'elle était toujours là.

Koishi nota ces éléments.

— De quel côté du pont se trouvait-elle ?

— Comme c'était à l'opposé du mont Hiei... réfléchit Onodera en visualisant mentalement un plan.

— Vers l'ouest alors, conclut Koishi.

— Le train qui circulait sur le pont a disparu lorsque j'étais en troisième année. C'était un grand bouleversement.

Il porta son regard au loin.

— À quoi ressemblait le plat ?

— Un goût typique des nouilles vendues par ce genre de restaurant itinérant. Ce n'était pas aussi gras que les *ramen* actuels, mais pas léger pour autant. Ces *soba* au bouillon rassasiaient bien.

— Normalement, ça pèse sur l'estomac, non ?

— C'est ce qui me paraît étrange. Je suis sûr que la soupe était trouble et épaisse, mais contrairement aux *ramen* d'aujourd'hui où le gras flotte à la surface, comment dire... c'était une saveur délicate.

— J'aurais bien aimé y goûter. Quand j'étais à l'université, ces roulottes n'existaient déjà plus.

— Alors que de mon temps, Kyoto regorgeait de petits stands de nouilles. Le passage Masugata, dans le quartier de Demachi, n'en comptait pas moins de quatre.

— Pourquoi souhaitez-vous retrouver cette recette aujourd'hui ?

Koishi tourna la page de son cahier.

— Mon fils devait prendre ma succession, mais il a brusquement changé d'avis. Il veut devenir comédien. Or ce n'est pas en exerçant ce métier qu'il pourra payer les factures.

Il se renfrogna.

— Mais avoir un rêve est une bonne chose, non ? Il tient sûrement cela de vous.

— Les rêves ne se réalisent pas. La réalité n'est pas si simple que cela.

— Quel est le lien avec les *soba* à la chinoise ?

— Autrefois, moi aussi, j'avais un rêve, et je mangeais souvent ce plat à cette époque, déclara-t-il avant de fixer un point sur la table basse. Comme je ne dirige pas une grande entreprise, je ne veux pas forcer mon fils. J'estime aussi qu'il doit suivre le chemin qui lui plaît, même si quand je pense à son avenir, je ne suis pas sûr que ce soit la bonne solution. À son âge, j'ai fait face au même dilemme.

Son regard se perdit dans le vague.

— Le rêve et la réalité. Les hommes doivent affronter un choix de vie cornélien.

Ces paroles de Koishi touchèrent Onodera, et il se mit à lui raconter ses souvenirs.

— Pour un homme, ne penser qu'à payer ses factures est frustrant, mais ce n'est pas une raison pour courir éternellement après un rêve. Quand on a une famille, on doit choisir une voie qui permette de subvenir à ses besoins. Il faut faire des concessions.

— Votre fils a choisi de poursuivre son rêve.

— Rares sont ceux qui parviennent à devenir acteurs ! éructa Onodera.

— Mais ce n'est pas impossible.

— J'ai beau désapprouver sa démarche, au fond de moi, j'ai envie de l'encourager. Ces pensées m'ont rappelé les *soba* à la chinoise de la roulotte.

Onodera dévisagea Koishi, qui soutint son regard.

— Vous pensez que cela va vous aider à discuter avec votre fils ?

— Je ne sais pas. Là n'est pas la question. Je souhaite comprendre mes sentiments. Rien de plus.

— D'accord. En tout cas, pour cela, il faut d'abord que nous retrouvions la recette. Comme indice, je n'ai qu'un lieu. Mais bon, mon père y arrivera sûrement.

Koishi referma son cahier.

— Merci d'avance, dit Onodera.

Quand ils reparurent dans le restaurant, Nagare, assis au comptoir et en pleine lecture, replia son journal.

— Tu as posé toutes les questions ?

— Oui. Ce sont des *soba* à la chinoise faits par une roulotte. Bon courage ! lâcha Koishi en le frappant dans le dos.

— Ah, ça me rappelle des souvenirs. Par le passé, il y en avait dans tout Kyoto.

Nagare se leva et tourna la tête vers Onodera.

— Mais elles ont disparu, donc je crois que ce sera difficile, commenta ce dernier en plissant sa joue droite.

— Je ferai de mon mieux, promit Nagare avec un petit salut de la tête.

— Je voudrais l'addition, s'il vous plaît.

Onodera sortit un long portefeuille de la poche intérieure de sa veste.

— Vous paierez la prochaine fois, avec les frais d'enquête, répondit Koishi en souriant.

— C'est entendu. Quand puis-je revenir ? demanda-t-il en les regardant tour à tour.

— Dans deux semaines, ça vous conviendrait ? Je vous appellerai sur votre téléphone portable pour vous donner tous les détails, ajouta Nagare en lisant la carte de visite d'Onodera.

— Merci.

Muni de son sac Boston, il quitta le restaurant.

— Quels sont vos projets pour cette après-midi ? fit Nagare qui l'accompagnait à la porte.

— Comme je ne suis pas venu à Kyoto depuis une éternité, je vais retourner sur les lieux qui ont marqué ma jeunesse.

Il leva les yeux vers le ciel estival éblouissant.

— Ça tape fort, faites attention à vous ! s'écria Koishi.

Soudain, un chat se jeta à ses pieds.

— Roupillon, pas dans le restaurant ! fulmina Nagare.

— Qu'il fait chaud...

Père et fille observèrent Onodera tandis qu'il s'éloignait vers l'est de la rue Shomen, puis ils retournèrent à l'intérieur.

Nagare s'assit au comptoir et parcourut le cahier de sa fille.

— Une roulotte de *ramen* au nord-ouest du pont Kitaoji. Ça ne me dit rien...

— Mais d'après lui, ce sont des *soba* à la chinoise, pas des *ramen*, rectifia Koishi, la tête tournée vers son père, tout en essuyant la table avec un chiffon humide.

— Ah, il dirige une imprimerie, Theater Print...

Nagare coinça la carte de visite entre les pages du cahier.

— En tout cas, il faut d'abord aller sur place. J'irai demain.

— Le pont Kitaoji est près du jardin botanique, non ? Ce n'est pas là qu'on a pique-niqué l'autre jour sous les cerisiers en fleurs du chemin Nakaragi ?

— Si. La rue qui part du pont Kitaoji et qui remonte vers l'ouest est une rue commerçante depuis longtemps, j'y trouverai sûrement des renseignements, affirma Nagare en refermant le cahier.

Chapitre 2

Les stridulations assourdissantes des cigales résonnaient dans l'allée arborée située face au Higashi Hongan-ji. Lorsqu'il habitait à Kyoto, Onodera voyait souvent des spécimens de l'espèce *aburazemi*, mais aujourd'hui, les *kumazemi* les avaient détrônées. Leur chant était nettement plus oppressant. Onodera, qui attendait au feu rouge, fit la grimace en essuyant sa nuque en sueur avec son mouchoir.

Il traversa la rue Karasuma, et une fois parvenu devant le restaurant Kamogawa, il prit une grande inspiration et ouvrit la porte coulissante.

— Bienvenue ! Nous vous attendions, l'accueillit Nagare en ôtant sa serviette autour du cou.

— C'est...

Onodera fut étonné de découvrir un vieux banc qui n'était pas là lors de sa précédente visite.

— Apparemment, dénicher ce banc a été plus dur que de mettre la main sur la recette ! ironisa Koishi.

La peinture rouge des planches frappées du nom à peine lisible d'un fabricant de boissons était écaillée par endroits.

— Ça me rappelle ma jeunesse. Oui, je m'installais sur un banc similaire pour manger les *soba* à la chinoise. Dire que vous êtes allés jusqu'à retrouver non seulement le plat, mais aussi ce banc...

Il posa la main sur le dossier avec nostalgie.

— Ce n'est pas seulement pour vous. Mon père souhaite créer une zone fumeurs, car Tae nous rabâche qu'il faut interdire la cigarette dans le restaurant, murmura Koishi à son oreille.

— Nous vivons à une triste époque, dit Nagare. Bref, asseyez-vous.

Sur le conseil de Nagare, Onodera s'installa précautionneusement sur le banc.

— Quand mes camarades et moi avons commencé à répéter sous le pont, le patron de la roulotte nous a rappelés à l'ordre. Il nous trouvait bruyants, raconta Onodera.

Nagare et Koishi se tenaient de chaque côté du banc.

— Kunisue a eu l'idée de lui acheter ses *ramen* en guise de paiement d'un loyer. Si nous rejoignions sa clientèle, il ne pourrait plus rien nous reprocher. Pour ce genre de problèmes, Kunisue était le plus malin de nous trois.

— Et lorsque vous y avez goûté, vous avez trouvé ça bon, coupa Nagare.

— Pas vraiment. Certaines roulottes en préparaient de bien meilleurs.

— Autrefois, la concurrence était rude à Kyoto entre vendeurs de nouilles.

— Nous nous sentions obligés de commander chez lui, ou plus exactement de lui payer un loyer. Nous répétions presque quotidiennement et mangions des *soba* à la chinoise un jour sur trois. Et, bizarrement, le plat nous est apparu de plus en plus savoureux. Nos papilles ont dû s'y habituer. Au début, nous nous forcions à les avaler, et du jour au lendemain, nous y avons pris goût !

Il fit une petite pause.

— Tenez, dit Koishi en lui tendant un verre en plastique granuleux.

— C'étaient les mêmes timbales !

Enchanté, Onodera finit son verre d'eau fraîche.

— Ce sera bientôt prêt, prévint Nagare avant de retourner en cuisine.

— Je suis tout excité. J'ai l'impression d'avoir fait un bond dans le passé ! se réjouit-il en claquant des doigts.

— J'ai proposé à mon père d'ajouter une musique d'ambiance, mais il s'est agacé, car pour lui, c'était trop…

Koishi lui resservit de l'eau d'un air facétieux.

— Comme ça sent bon !

Onodera huma l'odeur de la soupe émanant de la cuisine et posa son verre sur le banc.

— Ça y est, j'ai faim, déclara Koishi, la main sur l'estomac.

Dans le restaurant redevenu calme, on entendit le bruit des nouilles égouttées et le pas pressé de Nagare.

Celui-ci apporta les *soba* à la chinoise sur son plateau en argent.

— Voilà !

— Oui ! C'était ce plat !

Onodera saisit le bol servi sur une soucoupe blanche en plastique.

— Et du poivre. Prenez tout votre temps.

Nagare posa une grosse boîte métallique à côté du verre d'eau, puis il s'éclipsa, suivi de Koishi.

Onodera saupoudra généreusement le bol de poivre, puis il attrapa des baguettes jetables et les détacha l'une de l'autre à l'aide de ses dents. Il renifla le parfum du bouillon.

Peut-être contenait-il des os de porc, mais il était visiblement concocté à base de carcasse de poulet. Par comparaison avec les soupes actuelles troubles et épaisses, le liquide n'était pas transparent, mais plutôt clair. Onodera avait le sentiment que s'y mélangeait du bouillon de produits de la mer. La soupe embaumait aussi l'ail et le gingembre.

Quant aux nouilles, elles étaient fines, droites et *al dente*. Deux tranches de *char siu* de porc et deux fines tranches de pâte de poisson *kamaboko* les recouvraient. Pousses de soja, pousses de bambou fermentées *menma*, ciboule. La cuisse de porc était délicieuse. Un goût nostalgique, et en même temps, familier.

Il chercha d'où lui venait cette nostalgie, mais il comprit aussitôt l'inutilité de sa réflexion et continua à savourer le plat l'esprit léger. Il aspira les *soba*, but quelques gorgées de bouillon, grignota la viande et les légumes. Il réitéra ces étapes, encore et encore.

Ses souvenirs rejaillissaient d'un lointain passé. Il se remémora le texte qu'il apprenait alors au passage de la soupe dans sa gorge, et des éclats de rire lui revinrent aux oreilles pendant qu'il mâchait les nouilles. Serrer son bol entre ses mains lui évoqua le moment où lui et ses camarades se racontaient leur rêve. Ses yeux se remplirent de larmes.

— Est-ce le même goût ? demanda Nagare, debout derrière le banc.

— Oui, répondit Onodera en se tournant vers lui, son bol vide à la main.

— J'en suis heureux.

Nagare hocha la tête, satisfait.

— Si ma mémoire est bonne, je dirais que la saveur est parfaitement identique. Comment avez-vous fait ?

— Bien entendu, la roulotte n'existe plus, mais certaines personnes se rappellent cette époque.

Nagare lui présenta une photographie sépia où un homme de petite taille assemblait sa roulotte au bord du pont, un sourire timide aux lèvres.

Onodera approcha le cliché de ses yeux et le dévora du regard.

— Oui, c'était cette roulotte et cet homme.

— À présent, au nord-ouest du pont Kitaoji, se trouve un restaurant très apprécié, le Grill Hasegawa. Son patron, Hasegawa, se souvient très bien de la roulotte. L'homme qui la tenait s'appelait Seiji Yasumoto.

— Yasumoto... Je l'ignorais, avoua Onodera en levant les yeux au ciel.

— Il empruntait l'eau et l'électricité à Hasegawa. Et grâce à cela, ils ont continué à se revoir pendant un moment, même lorsque la roulotte a fermé. Quand Yasumoto a lancé Yasu-san, son restaurant à Ryogaemachi, dans l'arrondissement de Fushimi, Hasegawa y a mangé plusieurs fois. Mais Yasumoto est tombé malade il y a dix ans et il est mort. Il n'avait ni famille ni personne pour reprendre la suite, si bien que son commerce a fermé définitivement. Là, j'ai perdu sa trace.

Nagare posa sur le banc une photographie de Yasu-san tel qu'il était auparavant.

— Alors comment avez-vous réussi à reproduire le plat ? demanda Onodera en observant la photographie du coin de l'œil, l'air interrogateur.

— Lorsqu'un lien existe entre deux personnes, il y a toujours un point de contact quelque part.

Nagare déplaça une chaise face au banc et s'y installa.

— Désirez-vous un thé chaud ou froid ? proposa Koishi en posant une tasse sur le banc.

— Je préférerais un thé chaud.

Koishi pencha la théière en céramique Mashiko remplie de thé *hojicha* au-dessus de la tasse, puis Onodera y goûta.

— Hasegawa m'a appris que Yasumoto reposait près de son restaurant, au temple Saihoji, alors je suis allé me recueillir sur sa tombe. Comme je n'avais plus aucune piste, ma seule option était de l'interroger en personne, poursuivit Nagare sans que son visage ne laisse paraître s'il plaisantait ou non. En consultant les tablettes funéraires en bois, j'ai remarqué que chaque mois, à la date de décès gravée sur la pierre tombale, une personne lui rendait visite : Daisuke Kanehara. Un nom que j'avais déjà entendu quelque part.

Nagare prit une gorgée de thé.

— Daisuke Kanehara… Je ne sais pas qui c'est, répliqua Onodera, l'air songeur.

— Connaissez-vous la chaîne de *ramen* Shinsen kyoichi ?

— Bien sûr. C'était un petit restaurant quand j'étais étudiant, mais c'est devenu une grande entreprise qui fabrique aussi des nouilles instantanées. Il s'en vend également dans les supérettes de Tokyo et, de temps à autre, j'en achète par nostalgie.

— Kanehara en est le P-DG. J'ai demandé un rendez-vous. Je croyais que ce serait impossible, qu'il serait débordé, mais il a accepté dès qu'il a su qu'il était question de Yasumoto.

Nagare s'octroya une petite pause en prenant une nouvelle gorgée de thé. Onodera, sa tasse vide à la main, attendait la suite de l'histoire avec impatience.

— Kanehara était l'élève de Yasumoto. Celui-ci lui a tout appris : la préparation du bouillon, la cuisson des nouilles et même l'assaisonnement du *char siu*. Mais il lui a interdit de l'imiter. Alors Kanehara a créé sa propre recette à partir de ses enseignements.

— Je suis épaté que le patron de cette roulotte ait été l'instructeur du président de Shinsen kyoichi !

— Oui, hein ?

Koishi versa du thé dans la tasse d'Onodera.

— Kanehara avait gardé un parfait souvenir de la recette des *soba* à la chinoise, ce qui n'est pas surprenant de la part d'un homme qui a créé autant de restaurants à lui seul. Il me l'a confiée en ajoutant qu'aujourd'hui encore, ce plat plairait beaucoup. J'ai suivi les indications à la lettre pour réaliser les *soba* que vous avez goûtées.

Nagare jeta un regard sur le bol dans lequel subsistait un fond de bouillon.

— Je vois.

Onodera le saisit et but lentement le reste.

— Je pense que la volonté de croire en ses rêves s'est transmise de Yasumoto à Kanehara, dit Nagare, ému, en attrapant sa tasse de thé.

— Que sont devenus vos deux camarades ? demanda Koishi.

— Kunisue a travaillé pour un fabricant d'électroménager, puis il a jonglé d'une entreprise de taille moyenne à une autre en étant licencié plusieurs fois pour motif économique. Durant tout ce temps, il a continué le théâtre dans une troupe amateur. Il donne des représentations quatre à cinq fois par an dans une salle de spectacle de banlieue et m'envoie toujours une invitation, mais je n'y suis jamais allé. Yasaka est devenu acteur professionnel, mais il est mort il y a cinq ans sans jamais percer.

— En revanche, vous qui avez très vite abandonné votre rêve, vous avez lancé votre entreprise et réussi dans la vie, constata Nagare.

Sans un mot, Onodera fit rouler sa tasse entre ses doigts.

— Je ne vous juge pas, car moi aussi, j'ai abandonné mon rêve en cours de route. Mais qu'il s'agisse du travail ou d'autre chose, quelqu'un, quelque part, poursuivra ce sur quoi on s'est acharné toute sa vie.

Nagare lui lança un regard intense.

— Vous le croyez vraiment ? questionna Onodera après un bref silence. D'après le dicton, « En pleine jeunesse, il faut redoubler d'efforts », mais il existe l'expression inverse.

— Ah oui ? dit Nagare, intrigué.

— « En pleine jeunesse, il ne faut jamais abandonner ses rêves. »

— Intéressant. Je vais garder ça là, répondit Nagare en se tapotant du poing sur la poitrine.

— Je le note, sinon je vais oublier, dit Koishi en gribouillant sur un coin du journal.

— Mais non, je viens de l'inventer ! s'esclaffa Onodera.

— Je suis tombé dans le panneau ! s'exclama Nagare. Au cas où, je vous remets la recette des *soba* à la chinoise. D'après

Kanehara, les ingrédients sont faciles à trouver à Tokyo.

Avec bonne humeur, il glissa une boîte en plastique dans un sac en papier.

— Pourrais-je avoir l'addition pour aujourd'hui et le repas de l'autre jour ?

Onodera sortit son portefeuille.

— Pouvez-vous nous verser une somme sur ce compte ? Le montant que vous dictera votre cœur nous suffira, annonça Koishi en lui remettant un papier.

— C'est entendu. Je le ferai dès que je serai rentré.

Onodera le plia et le rangea dans son portefeuille.

— Il fait chaud ! râla Nagare en ouvrant la porte d'entrée.

— Moi, j'apprécie, car c'est le climat propre à Kyoto.

Au moment où Onodera franchit le seuil, Roupillon fondit sur lui.

— Ne salis pas ses vêtements ! s'écria Koishi avant de s'accroupir et de le prendre dans ses bras.

— Merci pour tout.

Onodera les salua, puis il partit vers la gauche.

— Rentrez bien, fit Koishi.

— Monsieur Onodera !

Il se retourna à l'appel de Nagare.

— Le nom de votre troupe, les Radish Boys.

— Oui ?

— Pourquoi « Radish » ?

— Ça vient de *daikon yakusha*, un mauvais acteur, littéralement un « acteur radis ».

— Je m'en doutais.

Le sourire de Nagare fut si communicatif que le visage d'Onodera s'éclaira lui aussi.

Koishi regarda l'homme s'en aller avant de relâcher Roupillon et de rejoindre son père à l'intérieur du restaurant.

— Je me demande si les choses vont changer pour Onodera.

— Peut-être que oui, peut-être que non. Qu'importe, non ?

Nagare ôta la serviette autour de son cou et s'assit sur une chaise. Koishi prit place à côté de lui.

— Qu'est-ce qui t'a convaincu de poursuivre l'activité de Papi ?

— Ça fait si longtemps ! Comment pourrais-je m'en souvenir ? grogna-t-il.

— Il t'avait demandé de reprendre la suite ?

— Non. Il ne m'a jamais rien imposé. Ah si, une fois.

— Laquelle ?

— Lorsque j'ai présenté Kikuko à mes parents, il m'a dit : « Prends soin d'elle toute ta vie. »

— Je n'étais pas au courant.

Elle jeta un regard à l'autel.

— J'ai suivi ses instructions, même si ça n'a duré qu'une courte période, regretta Nagare.

Il entra dans le salon pour s'installer face à l'autel. Assise à côté de son père, Koishi alluma un bâtonnet d'encens.

— Maman le savait ?

— Bien sûr que non.

Affichant un sourire plein d'embarras, Nagare acheva sa prière.

— Il y a des choses qu'on poursuit sans qu'on nous le demande… chuchota Koishi, les mains jointes.

— Des *soba* à la chinoise, ce n'est pas un plat à partager en sirotant un verre, alors j'ai préparé de quoi faire des gyozas. Tu me sors la plaque de cuisson ? Je vais aller transpirer un peu.

— Super, des gyozas ! Tu crois qu'on aura assez de bière ? s'inquiéta Koishi en ouvrant le réfrigérateur.

— J'en ai commandé un fût. Hiro devrait bientôt l'apporter.

— C'est vrai ? Génial ! Il faut préparer des gyozas pour trois ! s'enthousiasma Koishi en remontant ses manches.

— Non, pour quatre. Sinon, Kikuko va se fâcher, corrigea Nagare en se tournant vers l'autel.

SIXIÈME PARTIE

Le bol de riz garni *tendon*

Chapitre 1

Bien qu'il se rapprochât peu à peu, le printemps était encore loin. Keiko Fujikawa franchit les portiques de la gare de Kyoto et se précipita derrière son chapeau noir emporté par le vent hivernal.

On l'avait prévenue du froid mordant de Kyoto, mais elle le trouva similaire à celui de sa ville natale, Ishinomaki. L'air glacé s'infiltrait à travers ses gants de cuir noir. Son chapeau bien enfoncé sur la tête, elle souffla dans ses mains, puis sortit de la gare.

Elle portait une écharpe de fourrure sur un épais manteau gris. Elle avait fêté ses cinquante ans l'année précédente et avait bien conscience que sa tenue était démodée. Un plan à la main, elle déambulait rue Karasuma, qui s'étirait droit vers le nord depuis la gare. En chemin, une seule personne la reconnut. Ce n'était pas à cause de ses lunettes de soleil. Mais, sans le moindre doute, parce qu'elle avait disparu des mémoires depuis bien longtemps.

Elle traversa la rue Shichijo, puis bifurqua à droite, rue Shomen, où elle aperçut sa destination.

— Ce doit être ici.

Ôtant ses lunettes, elle leva les yeux vers le bâtiment en mortier à un étage.

Il n'y avait aucun panneau. À première vue, c'était une habitation ordinaire, mais il s'en échappait les effluves typiques d'un restaurant.

Quand elle ouvrit la porte, Koishi tourna la tête vers elle, l'air méfiant.

— Bonjour…

— Bonjour. J'aimerais que vous retrouviez une recette pour moi…

Keiko parcourut la pièce du regard en retirant ses gants.

— Ah, vous êtes une cliente pour le bureau. Vous pouvez vous installer ici.

Koishi cala le plateau en argent sous son bras et lui proposa une chaise pliante.

— Merci.

Keiko posa son tote bag noir sur la table, puis en sortit un smartphone.

D'un geste rapide, Koishi empila sur son plateau la vaisselle restée sur le comptoir.

Keiko consultait son téléphone tout en surveillant Koishi du coin de l'œil.

— Voulez-vous aussi déjeuner ? demanda Koishi en essuyant le comptoir.

Keiko releva la tête.

— Que me proposez-vous ?

— Nous choisissons nous-mêmes le menu de nos nouveaux clients, annonça Nagare en sortant de la cuisine.

— Bonjour, dit Keiko.

Nagare la dévisagea pendant un moment, puis il se ressaisit.

— Bienvenue à vous. Avez-vous faim ?

— Je n'ai pris que des tranches de pain de mie grillé au petit déjeuner en partant de Tokyo… dit-elle en souriant timidement, la main sur le ventre.

— Y a-t-il des aliments que vous n'aimez pas ?

— Non, je mange de tout.

Elle rangea son téléphone dans son sac.

— Aujourd'hui, nous recevons la visite d'un client difficile. Je lui ai préparé différents plats qui devraient vous plaire, puisque vous venez de Tokyo. Accordez-moi quelques minutes.

Il se rua en cuisine.

L'estomac vide de Keiko gargouilla fortement dans le restaurant désert, qui embaumait le bouillon *dashi*. Par réflexe, elle tâtonna son ventre, honteuse.

Dès qu'elle eut fini de mettre de l'ordre dans la pièce, Koishi la rejoignit.

— Vous avez réussi à nous trouver !

Soulagée que Koishi n'ait rien entendu, Keiko extirpa un magazine de son sac.

— Je vous ai découvert dans cette revue.

— Mais la publicité dans *Ryori shunju* ne mentionne ni notre adresse, ni nos coordonnées, objecta Koishi d'un air dubitatif.

— Mme Daidoji me les a transmises, avoua Keiko en souriant.

— Vous connaissez Akane ?

— Oui, nous avons collaboré ensemble il y a cinq ans.

— Vous travaillez pour un magazine ?

Koishi la fixa du regard.

— Plus ou moins, répondit Keiko en lui adressant un sourire poli.

— Quelle chance vous avez ! Les médias, c'est un monde de rêve, n'est-ce pas ?

— En apparence, répondit-elle en haussant les épaules.

Elle examina à nouveau la pièce. Il n'y avait ni menu ni semblant de caisse. Deux entrées entouraient le comptoir, avec un *noren* accroché à l'encadrement de celle de droite. Keiko y entraperçut un superbe autel bouddhique. Ce commerce était décidément bien singulier.

— Merci pour votre patience, dit Nagare en posant devant elle un plateau en laque noire.

— Il me tarde d'y goûter, commenta Keiko en se rasseyant droit sur sa chaise.

— Que désirez-vous boire ? Il fait froid, je vous apporte du saké ? proposa Koishi.

— Oui, c'est l'occasion. Mais juste un peu !

— Koishi, normalement, on a du Tanikaze dans le réfrigérateur à l'étage. Fais-le tiédir dans une bouteille en céramique de Shigaraki.

Koishi acquiesça.

— Vous avez du Tanikaze ? s'étonna Keiko, les yeux écarquillés.

— Je suis amateur de sumo. Il m'était impensable de ne pas posséder un alcool du nom de ce grand champion du XVIIIe siècle ! Ce n'est peut-être pas la manière conventionnelle de le boire, mais le *daiginjo* réchauffé à trente-sept degrés s'adoucit. Je trouve ce saké délicieux ainsi.

Nagare retourna en cuisine, et Koishi reparut aux côtés de Keiko, une bouteille à la main.

— Je l'ai légèrement tiédi au bain-marie, mais peut-être le souhaitez-vous plus chaud ?

— Il est parfait ainsi, répliqua Keiko en palpant la bouteille.

— Comme il fait plus froid que d'habitude, je vous ai préparé un repas bien chaud.

Nagare déposa un dessous-de-plat en paille de riz sur le plateau.

— Je m'y étais préparée mentalement, mais il fait vraiment froid ici, dit Keiko en versant du saké dans sa coupe en céramique Oribe.

— Les températures ressenties sont plus basses que dans le nord-est du Japon !

Le sourire aux lèvres, Nagare lui servit un large plat creux en terre cuite fermé d'un couvercle.

— Ce saké est bon, se réjouit-elle en poussant un soupir.

Nagare souleva le couvercle et le tint en main.

— Je vous ai sélectionné de bons produits de saison. En haut à gauche, *kara-age* de fugu pêché dans la baie de Mikawa et crabe bouilli. À droite, brochette de boulettes de canard et de ciboule, tempura de poisson *guji*. Ce qui est recouvert de sauce *dengaku-miso*, c'est du radis blanc de la variété Shogoin et du gluten de blé au millet. Le morceau de grande bardane de Horikawa est farci d'une boulette de murène. En dessous, palourdes *hamaguri* salées et cuites à l'étuvée dans du saké, carottes de Kyoto et ciboule marinées dans du *dashi*, grillade de stromatée mariné dans du miso blanc. Au fond du plat, il y a une pierre chauffée, alors faites attention à ne pas vous brûler.

Keiko l'écoutait attentivement, ses baguettes à la main, en jetant un regard de-ci de-là, et hochait la tête à chaque nouveau plat présenté.

— J'ignore par quoi commencer. Dois-je respecter un certain ordre ?

— Mangez ce que vous voulez de la manière qui vous plaira. Il n'y a aucune règle.

Sur ces conseils, Nagare se retira.

— Si vous manquez de saké, dites-le-moi, ajouta Koishi avant de suivre son père.

Keiko approcha son nez du plat d'où s'élevait un mince filet de vapeur pour en sentir les arômes.

— Quelle bonne odeur !

Elle joignit les mains, puis opta pour le tempura de poisson. Quand elle porta à sa bouche le beignet saupoudré de matcha au sel, elle ferma les yeux de ravissement. Elle mastiqua et sourit doucement.

— C'est délicieux.

Elle goûta tour à tour le radis blanc en sauce *dengaku-miso*, le *kara-age* de fugu, le stromatée, opinant de la tête avec vigueur.

— Cela vous plaît ?

Nagare, qui se tenait à côté d'elle, apportait plusieurs petites assiettes sur son plateau.

— Tout est succulent. Vraiment.

Elle le remercia délicatement de la tête.

— Voici d'autres préparations. Petite daurade salée marinée dans du vinaigre de riz et enrobée de fines tranches de radis blanc, escabèche de poisson *moroko*, grains de soja noir cuits au sucre et à la sauce soja. Désirez-vous du riz ? Aujourd'hui, j'en ai cuisiné à la chair de sardine.

Nagare coinça son plateau sous son bras.

— Pourrais-je en avoir une autre ? commanda Keiko en saisissant la bouteille de saké.

— Bien sûr.

Il récupéra la bouteille vide, puis regagna la cuisine avec précipitation.

Keiko décida de goûter à la brochette.

Le jus d'une boulette de canard dégoulina sur son menton. Elle s'empressa de prendre son mouchoir en tissu dans son sac et s'essuya soigneusement la bouche.

— Ce saké est si fort que ma cuisine risque de vous paraître fade ! plaisanta Nagare en resservant Keiko.

— Mais non. C'est une belle association !

Elle prit la coupe en souriant à Nagare.

— Je vous apporte le riz sous peu, car il faut que ma fille écoute votre histoire.

— Merci, dit-elle en s'inclinant élégamment, les mains posées sur la table.

Dans le restaurant inanimé, le bruit du saké qu'elle versa dans sa coupe se fit entendre. Le cœur léger, elle leva la tête et ferma les paupières.

— « Une étoile seule, tournée vers moi, scintille dans le ciel d'hiver », chantonna-t-elle en un murmure qui s'évanouit.

Mais ses vocalises vibrèrent longuement dans sa poitrine.

Un grain de soja tomba de ses baguettes et Keiko l'attrapa prestement avec ses doigts.

Pendant qu'elle croquait bruyamment une tranche de radis, Nagare apporta une petite marmite en terre cuite et, à l'aide d'une spatule, lui servit un bol de riz.

— Ce plat est surnommé « sardines de Setsubun », car à Kyoto, on déguste ce poisson en grillade contre le mal, le jour de cette fête nationale. Après le repas, on plante la tête des sardines sur des branches de houx et on les accroche aux portes pour faire fuir les mauvais esprits.

Il posa le petit bol de riz devant elle.

— Dans ma campagne, on lance des grains de soja, mais je n'ai pas souvenir d'avoir mangé des sardines ce jour-là. Votre plat a l'air excellent, le complimenta-t-elle en humant l'odeur du bol entre ses mains.

— Je vous laisse la marmite, resservez-vous si vous le souhaitez. Je vous apporte la soupe.

Il s'éclipsa.

Keiko, qui appréciait particulièrement les poissons bleus, engloutit le riz à la sardine. Le parfum des feuilles de *shiso* hachées et du sésame attisèrent davantage son appétit. Elle vida son bol en un clin d'œil et saisit la spatule.

— J'ai concocté une soupe aux boulettes de sardine. J'y ai ajouté une bonne quantité de jus de gingembre et de yuzu, ça devrait vous réchauffer, dit Nagare en lui servant un bol en laque rouge Negoro.

Quand il en retira le couvercle, un nuage de vapeur au parfum de yuzu s'éleva dans les airs.

— J'adore les sardines. Ce riz est un régal !

Keiko se resservit, les yeux pétillants de joie.

— Vos paroles me font plaisir. N'hésitez pas à finir la marmite. Je crois qu'il y a aussi de la croûte de riz tout au fond.

Nagare jeta un œil dans la marmite, puis il s'éloigna à nouveau.

Keiko but lentement la soupe, dont l'odeur de yuzu chatouillait ses narines. Les paupières closes, elle mangea une boulette et aussitôt, elle se remémora la mer de sa ville natale. La nostalgie s'étendit en bouche comme les ondulations de l'eau. Ses pupilles scintillèrent de larmes.

Après une brève incertitude, elle s'empara de la spatule à riz pour vider la marmite en en raclant le fond.

Son bol avalé, elle posa ses baguettes et joignit les mains.

Nagare reparut avec une théière en céramique de Tokoname.

— Vous n'en avez pas eu assez, n'est-ce pas ? J'aurais dû en faire plus.

— Non, je n'ai plus faim, admit-elle en se frottant l'estomac. C'était vraiment bon.

— Je suis ravi que le repas ait été à votre goût, se félicita Nagare en examinant la marmite en terre cuite vide.

— Mme Daidoji m'avait prévenue que votre cuisine était remarquable.

— Akane exagère ! Mes préparations n'ont rien d'exceptionnel, déclara Nagare, gêné, avant de changer de sujet. Koishi vous attend, je vous conduis à elle ?

— C'est vrai, j'ai failli oublier le principal.

Keiko termina son thé et se leva.

— Pardon de vous avoir fait vous dépêcher.

Nagare devançait Keiko dans le couloir menant au bureau d'enquête. Celle-ci contemplait avec intérêt les photographies accrochées aux murs.

— Ce sont vos plats ?

— Je déteste l'échec, alors quand on me commande une recette, je m'acharne dessus jusqu'à la retrouver ! confessa-t-il en se retournant.

Elle s'immobilisa et observa un cliché de près.

— Ces sushis ont l'air si bons !

— Ce sont des *bo-zushi* de sardine. Je les ai mis à mariner dans du sel et du vinaigre comme on le fait avec du poisson *kohada*. Vous aimez vraiment les sardines !

— Mon père était pêcheur, alors quand j'étais petite, j'en mangeais tous les jours.

Je n'avais pas le choix, même si je détestais ça !

Nagare reprit sa marche.

— Avec l'âge, on finit par aimer ce qu'on détestait étant petit. Le goût est une chose mystérieuse.

Dès que Nagare ouvrit la porte du bureau, Koishi accueillit Keiko.

— Allez-y, entrez.

— Merci, dit Keiko en franchissant le seuil avant de prendre place à l'extrémité du long canapé.

— Ne vous asseyez pas au bord, installez-vous bien au centre ! suggéra Koishi d'un ton bienveillant.

— Je suis un peu tendue…

Elle se décala à peine.

Koishi se plaça en face d'elle et posa un porte-formulaire sur la table basse.

— C'est un peu fastidieux, mais pouvez-vous remplir ceci brièvement ?

Keiko le cala sur ses genoux et fit courir son stylo sur la feuille, avant de s'arrêter brusquement.

— Vous pouvez passer les champs difficiles à remplir, dit Koishi en remarquant sa réticence.

— Ce n'est pas ça. J'ai oublié ma date de naissance… J'ai si peu envie de vieillir…

Elle se força à sourire et remit à Koishi le document complété.

— Keiko Fujikawa. Ah, vous ne travaillez pas dans les médias, mais dans la musique ! Je suis désolée.

— Ces domaines sont semblables.

— Vous habitez dans l'arrondissement de Shinjuku, à Tokyo. Les gratte-ciel sont nombreux, là-bas. Le paysage nocturne doit être sublime.

— Mais l'admirer seule est désolant.

Elle poussa un petit soupir.

— Vous n'êtes pas mariée ?

— J'ai même oublié ce mot.

— Comme moi ! s'exclama Koishi en frappant dans ses mains.

— Vous êtes encore jeune. Quand vous serez aussi vieille que moi…

— Mais vous n'êtes pas vieille ! Et vous n'avez pas l'air d'avoir la cinquantaine !

— Merci pour le compliment.

Keiko inclina la tête et sourit.

— Venons-en au motif de votre venue. Quelle recette devons-nous retrouver ?

— Un *tendon*.

— Un bol de riz garni de tempuras ? C'est un plat peu consommé à Kyoto, mais c'est donc vrai que les Tokyoïtes aiment ça ?

— Je ne suis pas tokyoïte. Je suis née dans le nord-est du Japon, à Ishimaki. Je suis arrivée à Tokyo à l'âge de vingt ans et le jour où j'ai mangé ce *tendon*, j'ai été stupéfiée d'apprendre que de tels délices existaient en ce monde.

— Pouvez-vous me le décrire précisément ?

Koishi ouvrit son cahier de notes sur une page blanche et saisit son stylo.

— Cela remonte à un an après mon arrivée à la capitale. Le patron de mon agence m'avait invitée au restaurant pour fêter ma première réussite professionnelle. Il se situait dans le quartier d'Asakusa.

— Quel était son nom ?

— Tenfusa.

— J'imagine qu'il n'existe plus aujourd'hui.

— Sinon, j'y serais allée !

Elles rirent.

— Qu'avait-il de spécial ? interrogea Koishi.

— Les tempuras étaient bons, mais la sauce était encore meilleure. Elle avait un goût prononcé, à la fois sucré et salé, tout en étant légèrement assaisonnée.

— Mais le *tendon* de Tokyo est le même dans tous les commerces, non ? Il est nappé de cette épaisse sauce noire sucrée et salée qui, je trouve, s'accorde mal avec les beignets…

— Celui-là était différent. Je me suis rendue dans plusieurs grands restaurants de tempuras, mais il manquait toujours quelque chose, en tout cas, ça n'avait rien à voir avec le premier que j'avais goûté.

— Vous n'avez pas mémorisé de détails plus concrets ? C'est mon père qui mène les recherches, mais avec ces seules informations, ce sera impossible, même pour lui.

Koishi croisa les bras, sceptique.

— Les tempuras étaient classiques : crevette, anguille *anago*, chair de poisson blanc, piment vert et algue *nori*. La sauce était normale, pas d'une couleur aussi foncée que vous décrivez. Elle était plutôt claire comparée à celle d'autres restaurants.

Keiko suivait le fil de ses souvenirs, les yeux levés au plafond.

— D'accord, les ingrédients n'avaient rien d'extraordinaire, mais la sauce était spéciale, inscrivit Koishi.

— Ah ! La soupe qui l'accompagnait était vraiment très bo…

Keiko s'était interrompue brutalement. Inquiète, Koishi la dévisagea.

— Que se passe-t-il ?

— Je crois qu'elle ressemblait à celle que j'ai bue tout à l'heure... Car elle m'a rappelé le passé... Mais je dois me tromper. La soupe d'autrefois ne contenait pas de sardines. Je dois confondre.

Elle hocha la tête pour s'en convaincre.

— Vous souvenez-vous d'un lieu précis ? Vous avez mentionné Asakusa, mais c'est un quartier vaste.

— Je crois que le restaurant était situé derrière le temple Senso-ji. Il était dans une ruelle, accolé à un restaurant de sushis.

— Pourquoi n'y êtes-vous pas retournée, si c'était aussi bon que vous le dites ? Vous habitez à Shinjuku, vous auriez pu y aller n'importe quand ! s'agaça Koishi.

— Mon patron m'avait proposé de nous y rendre à nouveau lors de mon succès suivant, et j'étais certaine que ce jour viendrait. Et comme je suis superstitieuse...

Elle soupira, les yeux baissés sur la table.

— Mais bon, connaissant mon père, il retrouvera la recette d'une manière ou d'une autre.

— Merci par avance, dit Keiko en relevant la tête.

— Pourquoi désirez-vous la retrouver, aujourd'hui ?

Koishi rouvrit son cahier.

— Je compte bientôt retourner vivre chez mes parents, qui ont pris de l'âge... Mais avant cela, j'aimerais savourer ce *tendon* une nouvelle fois.

— Vous pourrez ainsi rentrer dans votre ville natale sans regret, releva Koishi en acquiesçant de la tête.

— Je veux également le cuisiner à mes parents. À l'époque, j'avais trouvé ce *tendon* si bon que je leur avais téléphoné. Je leur avais dit qu'il existait un plat divin à Tokyo et conseillé de venir lors de ma prochaine réussite professionnelle. J'avais promis de leur faire découvrir le meilleur *tendon* qui soit. Mais depuis, trente ans ont passé.

Elle sourit, mal à l'aise, en haussant les épaules.

— Je comprends. Je vais encourager mon père à faire de son mieux.

Koishi referma son cahier d'un geste brusque qui mit un terme à l'entretien.

— Merci pour votre aide.

Keiko se leva.

Nagare, assis sur une chaise, replia son journal et se tourna vers Koishi.

— Tu l'as écoutée comme il faut ?

— Parfaitement, répondit Keiko à sa place. Mais ma mémoire peu fiable ne vous facilitera pas la tâche. Je m'en remets à vous.

Elle s'inclina profondément.

— J'ignore de quel plat il s'agit, mais je ferai tout mon possible.

Nagare se leva en lui adressant un regard franc.

Keiko enfila son manteau puis sortit du restaurant, quand un chat tigré se précipita à ses pieds.

— Oh, il est adorable ! Comment s'appelle-t-il ?

Elle s'accroupit pour lui caresser la mâchoire.

— Roupillon. Ce pauvre chat n'a pas le droit d'entrer à l'intérieur, même par cette journée glaciale, se plaignit Koishi en fusillant son père du regard.

— Tu crois qu'un chat a sa place dans un restaurant ?! rouspéta-t-il.

— Dans ma campagne, il y a des chats tout autour de la maison de mes parents.

Keiko prit Roupillon dans ses bras et sourit.

— Sûrement parce qu'il y a du bon poisson, supposa Nagare.

— Exactement. Ils ont le flair pour dénicher le poisson frais de qualité.

— Alors qu'ils se contrefichent des faisandés !

— Ils les reniflent et fuient à toute vitesse ! s'amusa Keiko en mimant un chat.

Koishi, qui attendait la fin de leur discussion, demanda :

— Êtes-vous disponible dans deux semaines ?

— Moi oui, mais…

Elle épia la réaction de Nagare.

Après un silence, il lui rendit son sourire.

— Je vais me débrouiller.

— Oh, j'ai oublié de payer !

Keiko reposa Roupillon sur le sol et sortit son portefeuille de son sac.

— Ne vous embêtez pas avec ça aujourd'hui, vous paierez la prochaine fois avec les frais d'enquête.

— C'est entendu.

Elle rangea son portefeuille et les regarda tous les deux.

— Bon retour ! s'écria Koishi tandis que Keiko s'éloignait.

— Non, Roupillon ! Tu restes dehors ! protesta Nagare en lui barrant le passage.

— On pourrait au moins le laisser entrer aujourd'hui, il fait si froid…

Koishi se retourna et ferma la porte coulissante.

— Quel est le plat en question ? demanda Nagare en s'asseyant sur une chaise.

— Un *tendon*.

— Ah bon ? Je ne m'attendais pas à ça.

— C'est surprenant de la part d'une femme de son âge, hein !

— Je l'aurais plutôt imaginée nous commander un plat de fruits de mer.

— Tu la connais ?!

Les yeux ronds comme des billes, Koishi serrait contre elle le cahier qu'elle allait remettre à son père.

— Évidemment ! Comme tout le monde ! Ne me dis pas que tu as discuté avec elle sans la reconnaître ?

— Elle est célèbre ?

— Tu ne la connais réellement pas... Il faut dire qu'elle n'a eu qu'un succès. À mon grand regret.

Il arracha le cahier des mains de sa fille et l'ouvrit.

— Une Keiko Fujikawa dans le milieu de la musique... ? Ah, je sais ! C'est une chanteuse ! Mais sa chanson, c'était quoi, déjà...

Elle se pressa les tempes, sourcils froncés.

— *Kita no hitotsu hoshi,* « L'unique étoile au Nord », murmura Nagare en feuilletant le cahier.

— C'est quel genre de morceau ?

— Cette chanson triste parle de son amoureux décédé qui devient une étoile et la protège d'en haut.

— Je l'écouterai plus tard sur Internet, dit Koishi, et elle noua son tablier avant de pénétrer dans la cuisine.

Nagare parcourut les notes, pensif. Il tournait les pages en fredonnant.

— « Car tu me regardes de là-haut… »

Koishi souleva le rideau *noren* pour y passer la tête.

— C'est cette chanson-là ? Tu la chantes dans la salle de bains !

— Tu as écrit « la soupe de Papa », qu'est-ce que ça signifie ?

— Ah, ignore ce passage. D'après elle, la soupe que tu lui as servie tout à l'heure ressemblait à celle qui accompagnait le *tendon*, mais elle affirme qu'elle a dû confondre.

Koishi disparut derrière le rideau.

Une quiétude typiquement hivernale régnait dans le restaurant. On entendit le bruit de l'eau du robinet coulant sur la vaisselle sale en cuisine.

Quant à Nagare, il était en pleine réflexion, absorbé par les notes.

— Koishi, je vais à Tokyo.

Il avala un thé et referma le cahier.

— J'aimerais y aller aussi. Je peux t'accompagner ? tenta Koishi en s'approchant, les yeux luisants d'espoir.

— Tu vas être dans mes pattes. En plus, si on laisse Maman toute seule, elle sera triste.

— Mais on peut y aller tous les trois ! On emportera sa photo !

— Tu as raison. En plus, il y a un restaurant de sushis à Asakusa que Kikuko appréciait.

— Génial ! Je suis trop contente !

Elle serra son père dans ses bras, mais Nagare, le rouge aux joues, l'avertit :

— Tu paies ta part.

— Maman doit pouffer de rire tellement tu es mesquin !

— Ça m'étonnerait ! C'était elle qui tenait les comptes et elle m'accordait peu d'argent de poche !

Un sourire discret sur les lèvres, il jeta un regard par la fenêtre et s'aperçut que la ville s'était parée d'un manteau blanc.

Chapitre 2

À la gare, Keiko emprunta la sortie Karasuma et leva la tête vers la Tour de Kyoto où se reflétait le soleil couchant. Le vent était plus chaud que lors de sa précédente visite. Elle dézippa la fermeture Éclair de son manteau d'un geste énergique et traversa au feu tricolore.

Le dos droit, elle se déplaçait à grandes enjambées et parvint au restaurant plus vite qu'elle ne l'aurait pensé. Roupillon accourut et s'ébattit à ses pieds.

— Bonjour Roupillon ! Tu n'es pas tombé malade ?

Elle s'accroupit pour lui caresser le dos.

À ce moment-là, Koishi ouvrit la porte et franchit le seuil.

— Il fait froid, entrez.

— Moins que l'autre jour. Je n'ai même pas besoin de gants !

Après être entrée dans le restaurant, elle ôta son manteau et se recoiffa avec ses doigts.

Keiko accrocha son manteau à la patère et remarqua l'agréable odeur d'huile de sésame qui flottait dans l'air.

— Pardon pour l'attente. La friture m'a donné du fil à retordre jusqu'à la fin, mais j'ai réussi à la reproduire, annonça Nagare, qui sortit de la cuisine en retirant sa toque blanche.

— Mon père a préparé des tempuras tous les jours ! Roupillon, qui adore la friture, a passé son temps à la porte !

Koishi haussa les épaules en lançant un coup d'œil vers l'extérieur.

— Merci pour vos efforts.

— Ce sera bientôt prêt, je vous laisse patienter quelques minutes.

Nagare s'élança en cuisine.

— Voulez-vous un thé ? demanda Koishi. Ou sinon...

— Aujourd'hui, je préférerais. Je dois garder mon palais intact !

— Vous êtes une chanteuse célèbre ! Je suis vraiment désolée de ne pas vous avoir reconnue l'autre jour.

Koishi lui servit un thé avec la théière de style Banko.

— Ne vous inquiétez pas, je comprends parfaitement que les jeunes ignorent qui je suis.

— Je n'avais pas fait le lien avec votre nom, mais je connais très bien votre chanson, *Kita no hitotsu hoshi*. Mon père la chante toujours dans son bain !

— C'est gentil à lui.

Keiko savoura son thé d'un air apaisé.

— Koishi, j'arrive !

Au son de la voix de son père, Koishi s'empressa de disposer un repose-baguettes et des baguettes jetables sur la table.

— Il faut manger les tempuras fraîchement frits !

— J'ai hâte d'y goûter.

Keiko s'inclina, puis elle rapprocha sa chaise de la table.

— Et voilà ! dit Nagare en apportant un bol en porcelaine bleue et blanche *sometsuke* sur un plateau rond en laque rouge.

— Que ça sent bon !

Elle plissa les yeux.

— Commencez par le plat principal, je vous apporte la soupe juste après.

Nagare retira le couvercle du bol, d'où s'éleva un filet de vapeur.

— Bon appétit ! dit Nagare avant de retourner en cuisine, suivi de sa fille.

Keiko se rassit bien droite et, le bol fermement tenu dans le creux de sa main, elle porta à ses lèvres le beignet de crevette.

La *saimaki-ebi*, aussi grosse qu'un majeur, se révéla d'une saveur douce dans sa bouche. Avant que cette sensation ne disparaisse, Keiko se dépêcha d'avaler du riz imbibé de sauce et du piment vert. Elle mâchait deux bouchées en une, lorsque ses pupilles étincelèrent.

— Ce goût, cette odeur, c'est comme autrefois, marmonna-t-elle.

Submergée par l'émotion, elle reposa le bol et attrapa précipitamment son mouchoir blanc dans son sac. Mais les larmes roulaient déjà sur ses joues.

Souriant entre ses larmes, elle posa son mouchoir sur ses genoux et reprit le bol.

Elle coupa l'anguille en deux à l'aide de ses baguettes et la goûta. Elle enroula l'autre moitié autour d'une portion de riz et avala le tout. Ses joues se détendirent et un vrai sourire vint remplacer sa mine morose. Elle mangea le beignet de poisson blanc en entier, même la petite queue. Elle finit le riz avec le beignet de feuille d'algue.

Nagare se tenait à côté d'elle, un récipient en laque noire rempli de soupe posé sur son plateau.

— Le goût est-il identique ?

— Oui. C'était le même *tendon*, répondit Keiko en levant les yeux vers lui.

— J'en suis heureux.

— Il était si bon que je n'ai pas pu attendre la soupe...

Elle émit un petit rire confus.

— C'était mon objectif. Je ne vous ai servi qu'un bol de riz de taille normale, pas le grand dans lequel on propose le *tendon* habituellement. Goûtez à la soupe et ensuite, je vous resservirai.

Nagare débarrassa le récipient et posa la soupe devant Keiko.

— Vous êtes même allé jusqu'à diviser le repas en deux temps... dit-elle.

— Parce que les tempuras sont bien meilleurs fraîchement frits !

Nagare rejoignit joyeusement la cuisine.

Keiko souleva le couvercle du bol, et après s'être délectée de la vapeur parfumée, elle en but une gorgée.

Contrairement au *tendon*, cette soupe claire avait peu de goût. Mais il suffit à Keiko de grignoter la boulette ronde qui flottait dans le bouillon pour que l'odeur de la mer déferle dans ses narines. Quant aux brins de persil *mitsuba*, ils donnaient l'impression de laisser la mer derrière soi pour se retrouver dans un champ. Quel goût délicat. Il en restait la moitié, et Keiko recouvrit délicatement le récipient de son couvercle.

— Voici la seconde portion, dit Nagare en la lui servant.

— Même si la première était petite, je m'estime chanceuse d'avoir droit à deux *tendon*. J'ai le sentiment d'avoir retrouvé ma jeunesse !

Les joues de Keiko rosirent.

— Peut-être en souhaitez-vous une troisième ?

Ils échangèrent un regard et éclatèrent de rire.

— Ce doit être la même recette que tout à l'heure, présuma Keiko en ôtant le couvercle.

— Prenez votre temps. Je vous apporte du thé.

Une fois Nagare reparti, Keiko saisit le plat dans le creux de sa main, comme elle l'avait fait pour le premier, et l'approcha de son nez. L'agréable senteur semblait identique, bien qu'un peu nuancée. Keiko porta à sa bouche la crevette, le riz imbibé de sauce, elle divisa l'anguille en deux… Elle savoura lentement le *tendon*, tout émue. Parfois, elle troquait son bol de riz garni contre sa soupe et en avalait quelques gorgées. Elle dégusta entièrement la boulette, puis revint au *tendon*. Ce second plat était aussi succulent que le précédent. Mais la sauce, qui aurait dû être la même, avait un je-ne-sais-quoi de nouveau. Keiko réitéra ses gestes et, en un clin d'œil, les deux récipients furent vides.

— Vous avez tout terminé ! Ça me fait plaisir, se réjouit Nagare en lui servant un thé *hojicha* avec la théière en céramique de Kyoto.

— J'ai bien mangé. Ce *tendon* n'était pas uniquement nostalgique, il était aussi exquis, le félicita Keiko, les mains jointes.

— J'en suis heureux.

Nagare hocha vivement la tête.

— Comment avez-vous retrouvé la recette ? demanda-t-elle en entourant à deux mains sa tasse en céramique de Shigaraki.

— Grâce à une enquête de terrain, répondit Koishi, qui jaillit de la cuisine en serrant contre elle un porte-documents en plastique transparent. Mon père fonctionne comme ça. Et cette fois, je l'ai accompagné !

— Alors que ce n'était pas nécessaire. Tu étais dans mes pattes, bougonna Nagare en lui arrachant la boîte des mains.

— Comment tu peux dire ça ?! Si je n'avais pas été là, tu aurais pris le métro dans le mauvais sens !

— Le restaurant s'appelait en effet « Tenfusa », déclara Nagare en ignorant les paroles de sa fille. Il est fermé depuis douze ans. C'est bien celui-ci, n'est-ce pas ?

Il ouvrit le porte-documents et présenta une photographie à Keiko.

— Oui, oui, c'était là, confirma-t-elle, penchée sur le cliché.

— Cette photo m'a été confiée par le président de la rue commerçante. Le patron de Tenfusa était originaire d'Ichinomiya, dans la préfecture de Chiba. Fusa Sushis, le commerce voisin, était dirigé par son petit frère. Le « fusa » de Tenfusa et de Fusa Sushis vient de l'un des idéogrammes du nom de leur région, Kazusa.

— Le patron de mon agence était originaire de Tateyama, qui est aussi dans la préfecture de Chiba, donc peut-être qu'ils se connaissaient.

— Il y a douze ans, le chef de Tenfusa est mort de maladie et son jeune frère a mis la clé sous la porte. Il est rentré dans sa ville natale et a ouvert un second Fusa Sushis. Le président de la rue commerçante a cherché son adresse pour que je puisse me rendre sur place.

Nagare s'installa face à Keiko et déplia une carte.

— Là aussi, tu as failli prendre le métro dans le mauvais sens !

Koishi lança un regard malicieux à Keiko.

— Inutile d'en rajouter, gronda Nagare, sourcils froncés, avant de poursuivre. La spécialité de Fusa Sushis était le *Kazusa-meshi,* comme lorsqu'il se trouvait à Asakusa.

— Le quoi ? fit Keiko.

— Connaissez-vous le *Fukagawa-meshi* ?

— Le riz surmonté de palourdes *asari* ?

— Absolument. On appelle *Kazusa-meshi* un bol de riz garni avec des palourdes de l'espèce *hamaguri*. Ce plat était la spécialité de Fusa Sushis. Et Kujukurihama, le port de pêche près de la ville natale des deux frères, est réputé pour sa production de *hamaguri*. C'était une recette si populaire que les clients faisaient la queue devant le restaurant.

— Quel est le lien avec le *tendon*… ? interrogea Keiko d'un air circonspect.

— Le *Kazusa-meshi* était un plat simple uniquement composé de *hamaguri* bouillies sur du riz. Les palourdes sont rapidement cuites dans un mélange de saké, de *mirin* et de sauce soja. À Fusa Sushis, le petit frère faisait réduire ce bouillon pour en concocter une sauce épaisse dont il nappait les sushis d'anguille et de palourdes. Mais comme le *Kazusa-meshi* était très apprécié, il restait beaucoup de bouillon. Estimant que c'était du gâchis, le frère aîné l'a mélangé à la sauce du *tendon* de Tenfusa. Son petit frère m'a transmis la recette.

Nagare chercha dans le porte-documents une photographie du *Kazusa-meshi* et la pointa du doigt.

— La sauce du *tendon* était à base de palourdes *hamaguri* ?

Keiko scruta le cliché.

— De même que la soupe de Tenfusa. J'ai préparé la boulette selon les instructions, à partir de palourdes et de chair blanche de poisson. Ah, j'oubliais, la soupe que je vous ai servie la dernière fois contenait du bouillon de *hamaguri* cuites dans du saké. C'était une coïncidence. J'y avais ajouté des boulettes de sardine, ce poisson pêché en abondance dans votre ville natale. Comme la soupe avait le goût des palourdes, elle vous a rappelé le passé. Vous avez le palais fin !

Dans le cœur de Keiko, murée dans le silence, les aiguilles d'une horloge remontèrent le temps.

— L'huile de friture est de l'huile végétale, dont soixante-dix pour cent d'huile de sésame. La pâte est légèrement épaisse. Pour les tempuras, peu importent les ingrédients. La sauce n'est pas très compliquée à préparer. Je vous ai noté la recette, vous pouvez maintenant réaliser ce plat pour vos parents.

Nagare déposa le porte-documents sur la table. Keiko s'en empara et ne le lâcha pas du regard.

— Mon père m'a toujours défendu de rentrer à la maison avant de connaître un nouveau succès. Quant à ma mère, elle me disait que je pouvais revenir dès que je le voulais, car la chanson ne fait pas tout dans la vie. Je n'ai jamais su que faire… raconta-t-elle, les yeux au plafond.

— Vous avez de bons parents, répliqua Nagare en haussant lui aussi le menton.

— Trente ans se sont écoulés sans que je prenne de décision. M'accrocher à une seule chanson… C'était vraiment stupide de ma part.

Elle essuya le coin de ses yeux avec son auriculaire.

— Je ne connais pas votre vie en détail, mais selon moi, ce n'est pas une histoire de quantité. Peut-être que pour vous, votre carrière ne se résume qu'à une seule chanson, mais pour votre public, elle vaut tout l'or du monde.

Nagare lui adressa un sourire affable.

Keiko, ne sachant que répondre, se mordit doucement la lèvre.

— Nombreux sont ceux qui parviennent à surmonter des épreuves ou à puiser leur force de vivre grâce à une seule chanson, continua Nagare. Je suis bien placé pour le savoir.

Keiko se souvint alors de l'autel bouddhique qu'elle avait entraperçu au fond de la cuisine.

— « J'arrêterai de pleurer, j'attendrai demain… » chantonna Koishi avant de s'esclaffer. Comme tu la chantes souvent dans la salle de bains, je l'ai mémorisée, moi aussi !

— « Car tu me regardes de là-haut, tu me regardes toujours… » continua Keiko.

— Rien ne vaut l'original ! dit Koishi en applaudissant.

— Merci. Mais je crois que j'ignore encore quelle décision prendre.

Keiko afficha un sourire entre ses larmes qu'elle sécha avec son mouchoir.

— Hésiter est le propre de l'être humain.

Keiko se répéta intérieurement les paroles de Nagare.

— Je suis contente que la recette soit la bonne, confia Koishi. Quand mon père m'a demandé d'y goûter, j'ai vraiment eu un doute. C'était un goût si particulier, bien loin de celui du *tendon*.

Koishi versa du thé dans la tasse de Keiko.

— Il faut reconnaître que le *tendon* d'ici est très fade, commenta-t-elle en buvant son thé.

— Et la sauce versée sur les tempuras est plus claire qu'à Tokyo, ajouta Nagare.

— Merci à vous d'avoir retrouvé cette recette. Pourrais-je avoir l'addition, avec le repas de la dernière fois... ? demanda Keiko à Nagare en sortant son portefeuille.

— Pouvez-vous verser sur ce compte la somme que vous dictera votre cœur ? dit Koishi en lui tendant un papier.

— C'est entendu. Je le ferai sans délai.

Elle plia délicatement le papier, le rangea dans son portefeuille, puis elle fit lentement coulisser la porte d'entrée.

Keiko serra dans ses bras le chat qui s'était rué à ses pieds.

— Roupillon, tu as bien de la chance de pouvoir toujours manger de bonnes choses !

— Pour éviter qu'il prenne du poids, mon père refuse qu'on lui donne de la friture, son plat préféré. Pauvre chat !

Koishi lança à Nagare un regard plein de rancœur.

— Évidemment, puisque ce gros dormeur ne se dépense jamais ! rétorqua-t-il avec une grimace.

— Il n'y a aucun mal à ce qu'il en mange un tout petit peu, non ? Comme le premier *tendon* que vous m'avez servi, dit Keiko en reposant Roupillon par terre.

— Je suis bien d'accord ! renchérit Koishi.

— Encore merci pour votre aide.

Keiko s'inclina, puis s'élança dans la rue Shomen. Roupillon s'affala aux pieds de Nagare et Koishi qui, côte à côte, la regardèrent s'éloigner.

Soudain, Keiko s'arrêta et se retourna.

— Concernant le plat…

— Qu'y a-t-il ? demanda Nagare en avançant d'un pas.

— Quand vous m'avez resservie, j'ai trouvé le second bol un peu différent…

— Vous avez raison. Dans la seconde portion, j'ai utilisé une autre sauce que celle aux palourdes. Car on se lasse de ce qui est purement nostalgique.

Keiko médita ses paroles.

— Même si les tempuras sont identiques, un nouvel assaisonnement suffit à les redécouvrir. Les sens sont bien étranges, poursuivit-il, le dos droit, en plongeant son regard dans le sien.

— Merci de tout cœur.

Après un profond salut de la tête, elle partit à grands pas.

— Portez-vous bien ! s'écria Nagare tandis que Koishi adressait un dernier geste de la main à la silhouette de Keiko s'évanouissant dans le crépuscule.

— J'ai froid ! Qu'est-ce que j'ai froid ! Rentrons vite ! dit Koishi, le dos courbé, en se frottant les mains.

— Une jeune femme ne devrait pas se tenir d'une manière aussi disgracieuse. Tu devrais marcher avec autant d'élégance que Keiko Fujikawa !

Nagare jeta un regard noir à Roupillon, puis il entra dans le restaurant.

— Elle était totalement différente de la dernière fois, constata Koishi en refermant la porte, la main dans le dos.

— Car elle a dû ressentir la même émotion que si elle allait retrouver son ancien amoureux, répondit Nagare en regagnant la cuisine avec Koishi.

— Maman, Papa a dit qu'on se lassait de ce qui était purement nostalgique ! répéta Koishi face à l'autel.

— Je ne parlais pas de Kikuko.

Il dressa un bâtonnet d'encens avant de faire une prière.

— Ce soir, c'est *tendon* ? demanda Koishi, assise derrière lui.

— Tu sais bien que ce n'est pas le plat idéal pour boire un petit verre ! On a des huîtres, du poisson *megochi* et des coquilles Saint-Jacques, ça te dit d'en picorer quand je les aurai frits en tempuras ?

— Bonne idée. Mais on n'a plus de gaz pour la plaque de cuisson, déplora-t-elle les yeux levés vers son père.

— Je vais en acheter, décida-t-il, puis il enfila sa doudoune et quitta le restaurant.

Un vent d'est soufflait depuis le mont Hiei. Parcouru de frissons, Nagare enfonça les mains dans ses poches.

Dans la ruelle sombre, de la lumière filtrait des fenêtres et des voix chantant en chœur retentirent jusqu'à lui. Il admira le ciel nocturne en exhalant un souffle blanc.

« Une étoile seule, tournée vers moi, scintille dans le ciel d'hiver. Elle brille pour me dire qu'on se reverra demain. »

Au loin, Roupillon poussa un petit miaulement, comme s'il avait attendu la fin de la chanson.

Lexique

Anago (anguille) : anguille d'eau salée, contrairement à l'anguille d'eau douce *unagi* qui est plus grande. L'*anago* présente une saveur subtile et un goût plus fin que l'*unagi*, elle est également moins grasse. Elle est utilisée comme garniture pour les sushis (cuite) et les tempuras (frite). L'*anago* ne se mange pas crue.

Aralie du Japon : arbuste originaire d'Asie du Nord souvent cultivé comme plante d'intérieur. Ses jeunes pousses sont consommées traditionnellement comme légume, soit cuites, soit blanchies, au Japon et en Corée.

Asari (palourde) : variété de palourde qui se trouve sur le littoral du Japon, de la Corée et de Taïwan. Elle se cuit à la vapeur ou en bouillon.

Ayu : également appelé *nengyo* ou « poisson d'un an » en référence à sa durée de vie d'un an, l'*ayu* est un poisson d'eau douce très populaire au Japon. Il se déguste généralement grillé et en brochettes. Sa chair est douce et particulièrement sucrée, d'où son nom qui signifie « sucré ».

Azuki (haricot) : espèce de haricot rouge largement cultivée en Asie orientale pour ses graines comestibles. Il est utilisé autant pour la cuisine que pour la pâtisserie.

Bancha (thé vert) : thé vert japonais issu de la dernière récolte du thé, qui a lieu en octobre. Le *bancha* est le thé vert commun au Japon. Il est récolté à partir du même arbre que la qualité sencha, mais il est cueilli plus tard, ce qui lui donne une qualité inférieure sur le marché. Sa saveur est unique, avec une forte odeur de paille organique.

Bento : repas individuel complet traditionnel de la culture japonaise, prêt à consommer, composé de diverses préparations cuisinées (crudités, viande, poisson, riz, nouilles, légumes, condiments, dessert…). Il est présenté dans une boîte à bento compartimentée, fermée, pratique à transporter.

Bonite : nom vernaculaire donné à plusieurs espèces de poissons de la famille des Scombridés. Très proche en aspect et en saveur de certaines espèces de thon, la bonite est utilisée dans le tataki, le sushi ou le sashimi, mais également dans certains condiments et certaines sauces.

Bo-zushi **:** nom donné à un sushi roulé en bûche, dont le riz vinaigré est enroulé dans un filet de poisson (généralement du maquereau).

Char siu **:** désigne la façon courante de préparer un barbecue de porc dans la cuisine cantonaise. La viande est enroulée et ficelée en rôti puis cuite à basse température dans un mélange contenant généralement de la sauce soja, du saké, du *mirin* et du sucre. C'est un ingrédient courant pour accompagner les *ramen*.

Chikuwa **:** aliment obtenu en pétrissant de la chair de poisson avec du sel, du sucre, de l'amidon et du blanc d'œuf, en l'enrobant sur d'épaisses brochettes de bambou ou de métal en forme de bâton, et en le faisant cuire au four, à la vapeur ou à l'eau.

Chinchard : poisson bon marché et méconnu, il est fréquemment confondu avec le maquereau. Souvent utilisé dans les sushis, il peut être préparé cru, en filet mariné ou encore grillé au barbecue.

Chirashi-zushi* ou *chirashi : recette traditionnelle de la cuisine japonaise à base de sushis éparpillés dans un grand bol. Contrairement aux sushis, ce n'est pas un plat assemblé mais un simple bol de riz à sushi sur lequel est déposée une garniture froide : sashimis de saumon, thon, maquereau, daurade, crustacé, concombre, avocat, fromage…

Daiginjo : voir *junmai ginjo*.

Dashi : bouillon clair réalisé à partir de différents ingrédients séchés et infusés dans de l'eau. Utilisé comme base de la cuisine japonaise, il sert notamment à l'élaboration de la soupe miso, de soupes de nouilles, de sauces et de nombreuses préparations mijotées. Le *dashi* est réputé pour apporter la saveur *umami* aux aliments.

Dengaku (sauce miso) : le miso *dengaku* est une sauce très simple à base de miso, saké, *mirin* et sucre. C'est une sauce sucrée-salée qui accompagne généralement le tofu, les aubergines, le radis blanc et le konjac.

Donko (shiitake) : les champignons shiitake *donko* sont produits dans la région d'Oita, sur l'île de Kyushu, et cultivés en forêt sur des troncs de chêne en pleine nature sans aucun additif ni engrais, ce qui leur donne un parfum subtil et boisé. Ils sont récoltés à la main en parfaite maturité puis séchés. Une fois réhydratés, ils peuvent être utilisés dans des farces, grillés avec de la sauce soja et du *mirin* pour les soupes, ou sautés avec du riz.

Edo kiriko **:** type de verrerie traditionnelle apparue à Edo (ancien nom de Tokyo) au XIXe siècle. L'*edo kiriko* se distingue par ses couleurs, sa grande variété de motifs et sa luminosité mise en valeur par une méthode unique de découpe du verre en facettes.

Enka **:** style musical japonais traditionnel qui trouve son origine sous l'ère Meiji (1868-1912). L'*enka* moderne, comme développé pendant l'après-guerre, est une forme de ballade musicale sentimentale.

Escabèche : marinade à base d'huile et de vinaigre.

Fugu : aussi appelé poisson-globe ou poisson-ballon, le fugu est une espèce de poisson qui se gonfle d'eau lorsqu'il se sent en danger. Mal préparé, le fugu peut être mortel pour le consommateur. Au Japon, seuls les cuisiniers disposant d'une licence spéciale sont autorisés à préparer ce plat haut de gamme.

Grande bardane : espèce de plante à fleurs qui possède de nombreuses propriétés bénéfiques et est utilisée traditionnellement par la médecine populaire. Elle est également cultivée comme plante potagère pour sa racine consommée en légume.

Guji (poisson) : reconnu depuis longtemps comme l'un des meilleurs ingrédients du Japon, il s'agit d'un poisson à la fois léger et savoureux. Il contient beaucoup d'eau ; la viande est molle et digeste.

Gyoza : aussi appelé ravioli japonais. Enrobé dans une pâte de farine de blé tendre, il contient une farce composée de différents aliments, le plus souvent du poulet ou des légumes. Il peut être bouilli, cuit à la vapeur ou frit.

Hamaguri (palourde) : palourde japonaise constituée de deux coquilles parfaitement identiques et très consommée au Japon. Elle entre dans la préparation de certains sushis, et ses coquilles sont utilisées traditionnellement pour faire les pierres blanches du jeu de go.

Hojicha (thé) : thé vert torréfié. L'infusion du *hojicha* présente plusieurs nuances de couleur, du vert bronze au noir. Très populaire au Japon, ce thé libère des odeurs et des arômes sucrés, grillés et végétaux, également boisés et fruités, vanillés. Il est notamment servi dans les restaurants de poissons crus puisqu'il s'accorde très bien avec ces mets. En raison de sa faible teneur en caféine, c'est un thé qui est couramment bu en soirée, voire avant de se coucher. Il s'apprécie également glacé.

Junmai ginjo ou *junmai daiginjo* : déclinaison la plus raffinée et haut de gamme du saké japonais. Fruité et délicat, le *junmai ginjo* est élaboré à partir de riz poli à cinquante pour cent au minimum et sans ajout d'alcool.

Juwari soba : contrairement à la plupart des nouilles *soba* du commerce qui sont composées à quatre-vingts pour cent de sarrasin et à vingt pour cent de farine de blé, les nouilles *juwari soba* sont faites uniquement avec de la farine de sarrasin. Elles sont donc garanties sans gluten et ont une texture ferme.

Kabosu : agrume japonais de la région d'Oita. Son usage est comparable à celui du citron vert ou du yuzu.

Kamaboko : pâte de poisson blanc de type surimi (chair de poisson hachée ou pilée) cuite à la vapeur jusqu'à obtention d'une matière compacte et ferme. Souvent présentée sous forme de demi-cylindre, elle se décline en de nombreuses variantes au niveau des formes et des couleurs, les plus communes étant le rose et le blanc.

Kappo : ce terme s'applique à des restaurants qui créent une certaine proximité entre le client et le chef cuisinier, dans une atmosphère décontractée. Les plats sont préparés devant le client, qui est installé au bar. Souvent, ces restaurants sont petits et connus uniquement par le bouche-à-oreille.

Kara-age : technique de cuisine japonaise dans laquelle des ingrédients variés – le plus souvent du poulet, mais parfois d'autres viandes ou du poisson – sont frits dans un bain d'huile.

Kinome : aromate végétal emblématique du Japon et de sa gastronomie. Ses feuilles ont un goût frais qui rappelle les agrumes et est associé à des notes poivrées et épicées. Elles se marient particulièrement bien avec le poisson, la viande et les crustacés.

Kohada (poisson) : poisson à chair blanche. Le surnom *kohada* fait référence à un *konoshiro* (sardine tachetée) qui a atteint une longueur comprise entre sept et dix centimètres. La *kohada* porte différents noms à différents stades de son développement : *shinko, kohada, nakazumi* et enfin *konoshiro*. La *kohada* saupoudrée de sel rincé au vinaigre puis marinée fait partie intégrante de la tradition des sushis de Tokyo.

Koji **:** ferment japonais utilisé pour créer différents produits comme le saké, le *mirin* ou le miso.

Konbu (algue) : varech séché. Ce terme générique désigne différents types d'algues comestibles, largement utilisées dans la cuisine japonaise. Consommé frais ou séché et connu pour sa forte teneur en iode, le *konbu* est l'un des deux principaux ingrédients utilisés pour réaliser le *dashi*.

Konjac : plante vivace originaire des forêts tropicales d'Asie du Sud-Est. Le konjac est surtout connu pour les produits alimentaires tirés de son bulbe, principalement une gelée pâteuse de couleur noire ou blanche, appréciée pour sa texture élastique et ferme. Elle est très utilisée dans la cuisine japonaise, notamment comme substitut des pâtes à base de blé.

Kosode-zushi **:** sorte de sushi appelé ainsi à cause de sa ressemblance avec le *kosode*, vêtement japonais à manches courtes, ancêtre du kimono actuel.

Manju **:** petits gâteaux ronds et blancs, cuits à la vapeur. Ils sont préparés avec de la pâte de haricots rouges, enveloppée d'une pâte à base de farine, d'eau, de sucre et de fécule.

Matcha (thé) : poudre de thé vert traditionnellement utilisée pour la cérémonie du thé au Japon. Ce thé particulièrement énergisant et riche en antioxydants est reconnu pour ses nombreux bienfaits. En cuisine, il est également utilisé comme arôme naturel dans les confiseries, les crèmes glacées ou d'autres aliments.

Megochi (poisson) : aussi appelé *buttsu*, ce poisson est préparé en friture et généralement servi avec du riz. Sa saveur s'allie très bien à la sauce soja et au *mirin*.

Menma : condiment de la cuisine japonaise obtenu en utilisant une fermentation basée sur l'acide lactique sur des pousses de bambou. Le *menma* est utilisé fréquemment comme garniture pour les soupes de nouilles, notamment les *ramen*.

Mirin : saké très doux utilisé presque uniquement comme assaisonnement. D'une couleur jaunâtre pâle à ambrée, sirupeux, assez sucré et à degré alcoolique généralement inférieur au saké (onze à dix-huit degrés), il est fabriqué avec du riz gluant cuit, fermenté par *unkoji* (moût de vinification) additionné d'eau-de-vie.

Miso : condiment salé composé de pâte de soja fermenté. Le miso est principalement utilisé dans les soupes et les bouillons pour rehausser la saveur des aliments.

Mitsuba (persil) : couramment appelé persil japonais, plante condimentaire incontournable dans la cuisine japonaise, utilisée dans les soupes et les salades.

***Mizuna* :** chou-salade au goût frais, doux et légèrement poivré. On le consomme cru, en salade, ou cuit, sauté au wok.

Mochi : préparation à base de riz gluant, en forme de boulette, le plus souvent sucrée.

Momijigasa : le *Parasenecio delphiniifolius* est une plante de la famille des astéracées, comme les pissenlits, les artichauts, les marguerites ou les edelweiss, qu'on utilise donc comme légume.

Moroko (poisson) : aussi improprement appelé « goujon asiatique », c'est un petit poisson d'eau douce argenté ne dépassant pas dix centimètres.

Nabe ou *nabeyaki udon* : ce plat traditionnel japonais, particulièrement apprécié en hiver, est une sorte de fondue japonaise (soupe) composée le plus communément d'*udon* (pâtes de farine de blé), d'un œuf, de tofu frit, de viande ou de poisson et de légumes comme des champignons shiitake, des carottes… La particularité de ce plat tient à sa cuisson et à son service qui se font dans un pot en argile appelé *nabe*.

Nô : style traditionnel du théâtre japonais créé à la fin du XIIIe siècle. Composé de drames lyriques, le nô allie des chroniques en vers à des pantomimes dansées. Les acteurs arborent des costumes somptueux avec des masques spécifiques et sont accompagnés par un petit orchestre et un chœur.

Noren **:** rideau en tissu fendu que l'on accroche à la porte d'entrée des boutiques, des restaurants ou des maisons.

Nori (algue) : algue rouge comestible utilisée dans la cuisine japonaise, notamment dans l'élaboration des makis et des temakis. Quand elle sèche, la couleur rouge s'estompe et devient soit noire, soit verte.

***Ochazuke* :** plat très simple de la cuisine japonaise. Il est préparé en versant de l'eau chaude ou du thé vert sur un bol de riz.

***Ohagi* :** pâtisserie traditionnelle japonaise faite de riz et de pâte de haricots rouges. Certaines variantes ajoutent une couverture de farine de soja.

Okra ou gombo : espèce de plante tropicale à fleurs originaire d'Afrique ou d'Inde, proche de l'hibiscus. Sa texture gélatineuse est utilisée pour épaissir les soupes et les ragoûts.

Omi (bœuf) : viande de bœuf réputée au Japon qui, comme les autres viandes japonaises, se caractérise par sa marbrure et son persillé importants. Son prix peut atteindre huit mille cinq cents yens pour cent quatre-vingts grammes, soit environ cinquante euros.

Osechi : plat traditionnel du Nouvel An japonais, servi dans une boîte spécifique.

Pétasite du Japon : espèce de plante à fleurs native de l'Asie de l'Est. Elle se consomme au printemps et peut être servie marinée et bouillie, mijotée, sautée, au four avec viande et poisson, revenue avec du miso, ou encore en salade après avoir été bouillie.

Poisson sabre : poisson au corps effilé, sans écailles, et comportant très peu d'arêtes. Souvent vendu en filets ou en tronçons, il a une chair blanche, ferme et goûteuse.

Ponzu (sauce) : assaisonnement japonais élaboré avec une sauce soja vinaigrée, plus ou moins sucrée, parfumée avec du jus de citron ou de yuzu.

Ramen **:** soupe de nouilles à base de bouillon agrémenté de nombreuses variantes d'ingrédients animaux, végétaux et aromates (poisson, viande, légumes, algues, œuf, etc.). Importé de Chine à la fin du XIXe siècle, c'est l'un des plats les plus courants de la gastronomie japonaise.

Saimaki-ebi **:** nom donné aux crevettes géantes tigrées dont le corps ne dépasse pas dix centimètres. Elles sont souvent frites en tempura.

Sakura ebi **:** espèce de crevettes marines de quatre à cinq centimètres, que l'on trouve sur les côtes du Japon et de Taïwan. On peut les manger entières, crues, frites ou séchées.

Sakura mochi **:** *wagashi*, pâtisserie traditionnelle japonaise composée d'un mochi rose sucré et de pâte de haricots rouges, et couverte d'une feuille de cerisier à fleurs japonais légèrement salée.

Sakurani (poulpe cuit à la manière) : façon *sakura*, la célèbre fleur de cerisier, car le daïkon, ce radis blanc très prisé de la cuisine japonaise qui entre dans la composition du plat, se teinte d'une jolie couleur rosée au contact du poulpe.

Sashimi : fine tranche de poisson frais, de crustacé ou de coquillage cru servie sans riz.

Sériole : poisson blanc qui se rapproche un peu du thon ou de l'espadon. Sa chair a beaucoup de mâche, de texture, ce qui en fait un excellent poisson à manger cru.

Setsubun (fête saisonnière) : fête nationale non chômée qui célèbre l'arrivée du printemps selon l'ancien calendrier lunaire (calendrier agricole d'origine chinoise). De nos jours, elle est généralement célébrée le 3 février de chaque année. Elle est aussi appelée la « fête du lancer de haricots ».

Shabu-shabu **:** fondue japonaise, traditionnellement à base de fines tranches de bœuf, mais qui peut maintenant inclure d'autres viandes, du poisson ou des fruits de mer.

Shiitake (champignons) : Lentin du Chêne, ou encore Lentin comestible. Champignon brun qui possède, en plus d'un parfum doux et agréable, des propriétés nutritives remarquables, avec une richesse en vitamine B, vitamine D, fer et potassium.

Shirayaki (à la manière) : méthode de caisson japonaise qui consiste à faire griller un filet de poisson (le plus souvent de l'anguille) sans sauce ni assaisonnement. Cela permet de conserver toute la saveur de l'anguille.

Shiro miso **:** miso jeune dont la durée de fermentation est très courte. Moins salé, il a une saveur douce et légère. Il est très utilisé dans les marinades de poisson et de viandes blanches, pour les sauces salade et pour la soupe miso.

Shiso **:** plante alimentaire, aromatique et médicinale, couramment utilisée en Asie comme légume vert, condiment et aromate.

Shogoin (navet) : variété de navet japonais qui produit des racines blanches tendres et lisses. Il se consomme principalement mariné.

Shokado (boîte à bento) : apparu au début du XXe siècle, le bento Shokado a transformé le bento, qui était jusque-là un repas portable à usage quotidien, en un repas de *motenashi* (hospitalité à la japonaise). Il se compose d'une boîte carrée laquée avec un couvercle noir, divisée en quatre sections qui contiennent chacune un plat différent. Cette conception caractéristique permet de présenter ensemble des plats chauds et froids, de séparer les saveurs et les couleurs des différents plats, etc.

Soba (nouilles) : pâtes de sarrasin. Les *soba* sont préparées avec de la farine de sarrasin mélangée à de l'eau, que l'on étale sur une plaque et qu'on tranche en fines lamelles d'environ un à deux millimètres de largeur. On les plonge ensuite dans l'eau bouillante, comme pour les pâtes européennes. Elles sont généralement consommées soit dans un bol rempli de *mentsuyu* chaud (sorte de bouillon composé de *dashi*, *mirin*, saké et sauce soja), soit rincées à l'eau froide.

Soja (sauce) : sauce d'origine chinoise, produite par fermentation de protéines végétales. C'est un liquide de couleur ambrée, plus ou moins foncée. Sa saveur prononcée et très salée en fait un assaisonnement apprécié pour relever le riz blanc ou pour mariner les viandes et les poissons avant de les griller. C'est le condiment essentiel des cuisines d'Asie orientale.

Sometsuke **:** technique décorative de la porcelaine, caractérisée par une association simple mais élégante du bleu et du blanc. La porcelaine *sometsuke* est également réputée pour accompagner n'importe quel plat et pour apporter une atmosphère japonaise au repas.

Sponge cake **:** gâteau anglais à base de génoise, très aéré, d'où son nom de « gâteau éponge ».

Stromatée : poisson osseux à la peau lisse et brillante, ce qui lui confère une apparence argentée. Sa chair blanche et fine est très appréciée pour sa texture et son goût.

Sumo : sport de lutte très populaire au Japon, qui se caractérise par le gabarit des lutteurs et par les nombreux rites traditionnels qui entourent les combats.

Sushi : boulette de riz vinaigré (*shari*) formée à la main et recouverte d'une tranche de poisson cru (*neta*).

Taro : le taro est une plante alimentaire d'origine asiatique, très répandue en zone tropicale pour la consommation de son bulbe. Il a un goût légèrement sucré qu'on pourrait rapprocher de l'amande et apporte de la douceur dans une préparation.

Tatami : revêtement de sol traditionnel des pièces d'habitation japonaises, qui consiste en un agencement modulable de nattes rembourrées.

Tatsuta-age **:** méthode pour cuisiner une viande ou un poisson en les faisant mariner dans de la sauce soja avant de les recouvrir de fécule de pomme de terre et de les faire frire.

Tempura : beignet de légumes ou de poisson, légèrement pané et frit.

Tendon : plat de la cuisine japonaise, composé de tempuras posés sur un bol de riz.

Teriyaki : un mets *teriyaki* est une viande, un substitut (tofu, *seitan*, etc.), un poisson ou des crustacés grillés ou rôtis dans une sauce soja sucrée au *mirin*. Le résultat est une viande ou un poisson laqué.

Tofu : aliment d'origine chinoise, issu du caillage du lait de soja. C'est une pâte blanche, molle, peu odorante et au goût plutôt neutre, constituant une base importante de l'alimentation en Asie de l'Est et du Sud-Est. Il est aussi consommé comme substitut par les végétariens et les végétaliens.

Torii : portail en bois ou en pierre qui marque l'entrée d'un sanctuaire shinto, afin de séparer l'enceinte sacrée du monde extérieur.

Tsugaru soba **:** nouilles *soba* particulièrement fines, au point qu'elles se cassent lorsqu'on les saisit avec des baguettes. Cuisinées en *ramen*, elles doivent être avalées directement et non mâchées.

Tsuyahime (riz) : l'un des meilleurs riz du Japon. Il se distingue par sa blancheur, la taille de son grain et ses saveurs exceptionnelles.

Umeboshi (prune) : aliment traditionnel très populaire au Japon. Souvent colorées en rouge framboise, les *umeboshi* sont globuleuses et charnues. Leur goût est très acide et salé. Elles sont habituellement mangées avec du riz.

Wagashi **:** désigne les pâtisseries traditionnelles japonaises, souvent consommées en en-cas avec du thé vert. Les ingrédients de base sont le sucre de canne, les haricots *azuki* (ou leur pâte appelée *anko*) et la farine de riz ou de blé, ainsi que le *kudzu* ou l'agar-agar pour les gelées.

Wakame (algue) : algue de couleur brune ou verte, vendue fraîche ou déshydratée, qui possède un léger goût iodé et des qualités nutritives exceptionnelles. Elle est fréquemment utilisée dans les soupes miso et en salade.

Warabi ou fougère aigle : espèce de plantes de la famille des *Dennstaedtiaceae*. Elle est notamment utilisée dans la préparation des mochis.

Wasabi : le wasabi, ou *Eutrema japonicum*, est une espèce de plantes à fleurs que l'on trouve en Asie, originaire du Japon. Il appartient à la famille des brassicacées, comme la moutarde et le raifort, et sa tige est utilisée sous forme de pâte comme condiment dans la cuisine japonaise.

Washi **:** papier fabriqué artisanalement au Japon depuis le VIIe siècle. Composé de longues fibres entrelacées de mûrier à papier, il est léger, flexible et solide.

Yakigashi **:** gâteau populaire au Japon, importé par des missionnaires portugais au XVIe siècle. Cette pâtisserie est à mi-chemin entre le cake et la génoise, à la fois dense et léger.

Yuzu : agrume acide, récolté soit comme agrume de jours longs, en vert pour son zeste et sa saveur, soit à maturité jaune, comme agrume de jours courts, pour son zeste et son jus.

Table

QUATRIÈME PARTIE

Le riz sauté

CINQUIÈME PARTIE

Les *soba* à la chinoise

SIXIÈME PARTIE

Le bol de riz garni *tendon*

14209

Composition
NORD COMPO

Achevé d'imprimer à Barcelone
par CPI Black Print
le 2 septembre 2024

Dépôt légal septembre 2024
EAN 9782290393420
OTP L21EPLN003555-601106

ÉDITIONS J'AI LU
82, rue Saint-Lazare, 75009 Paris

Diffusion France et étranger : Flammarion